EIN BESCHÜTZER FÜR BRENAE

SEALs of Protection: Legacy, Buch 2

SUSAN STOKER

Besuchen Sie Susan im Netz!
www.stokeraces.com
facebook.com/authorsusanstoker
twitter.com/Susan_Stoker
bookbub.com/authors/susan-stoker
instagram.com/authorsusanstoker
Email: Susan@StokerAces.com

EBENFALLS VON SUSAN STOKER

SEALs of Protection: Legacy

Ein Beschützer für Caite

Ein Beschützer für Brenae

Ein Beschützer für Sidney (1 July)

Ein Beschützer für Piper (1 Aug)

Ein Beschützer für Zoey (1 Sept)

Ein Beschützer für Avery (1 Dec)

Ein Beschützer für Kalee

Ein Beschützer für Jane

Die SEALs von Hawaii:

Die Suche nach Elodie

Die Suche nach Lexie

Die Suche nach Kenna

Die Suche nach Monica
Die Suche nach Carly
Die Suche nach Ashlyn (7 Feb)
Die Suche nach Jodelle

Das Bergungsteam vom Eagle Point

Ein Retter für Lilly
Ein Retter für Elsie
Ein Retter für Bristol
Ein Retter für Caryn
Ein Retter für Finley
Ein Retter für Heather
Ein Retter für Khloe

Die Zuflucht in den Bergen

Zuflucht für Alaska
Zuflucht für Henley
Zuflucht für Reese (30 May)
Zuflucht für Cora
Zuflucht für Lara
Zuflucht für Maisy
Zuflucht für Ryleigh

Delta Team Zwei

Ein Held für Gillian

Ein Held für Kinley

Ein Held für Aspen

Ein Held für Jayme

Ein Held für Riley

Ein Held für Devyn

Ein Held für Ember

Ein Held für Sierra (1 Mar)

Die Delta Force Heroes:

Die Rettung von Rayne

Die Rettung von Emily

Die Rettung von Harley

Die Hochzeit von Emily

Die Rettung von Kassie

Die Rettung von Bryn

Die Rettung von Casey

Die Rettung von Wendy

Die Rettung von Sadie

Die Rettung von Mary

Die Rettung von Macie

Die Rettung von Annie

Mountain Mercenaries:

Die Befreiung von Allye

Die Befreiung von Chloe

Die Befreiung von Morgan
Die Befreiung von Harlow
Die Befreiung von Everly
Die Befreiung von Zara
Die Befreiung von Raven

Ace Security Reihe:

Anspruch auf Grace
Anspruch auf Alexis
Anspruch auf Bailey
Anspruch auf Felicity
Anspruch auf Sarah

SEALs of Protection:

Schutz für Caroline
Schutz für Alabama
Schutz für Fiona
Die Hochzeit von Caroline
Schutz für Summer
Schutz für Cheyenne
Schutz für Jessyka
Schutz für Julie
Schutz für Melody
Schutz für die Zukunft
Schutz für Kiera

Schutz für Alabamas Kinder

Schutz für Dakota

Eine Sammlung von Kurzgeschichten

Ein langer kurzer Augenblick

KAPITEL EINS

Einunddreißig Jahre zuvor
Annapolis, Maryland

Brenae Goldner lehnte mit dem Hintern gegen die Arbeitsplatte in der Küche des kleinen Restaurants, in dem sie arbeitete, und schloss die Augen. Sie hatte bereits einen langen und ermüdenden Arbeitstag hinter sich gehabt, als eine Gruppe Kadetten der Marineakademie das Restaurant betrat. Nachdem sie es fünfundvierzig Minuten lang mit ihren Annäherungsversuchen und anzüglichen Bemerkungen hatte aufnehmen müssen, war sie völlig erledigt für heute.

Sie wollte nur noch nach Hause in ihre winzige

Einzimmerwohnung und schlafen. Aber nach ihrer Schicht musste sie noch für ihre Prüfung in Buchhaltung lernen. Sie war im zweiten Studienjahr am örtlichen Community College und würde Ende des Jahres ihren Abschluss als Verwaltungsassistentin machen.

Wenn sie ehrlich war, wollte sie in ihrem Leben nichts lieber als Ehefrau und Mutter sein, aber das würde ihre Rechnungen nicht bezahlen. Und da sie nicht einmal einen Freund hatte, schien dieses Ziel in weiter Ferne.

»Alles in Ordnung, Brenae?«, fragte Joe, einer der Köche.

Sie öffnete die Augen und holte tief Luft. »Ja, ich brauchte nur eine Verschnaufpause«, erklärte sie ihm mit einem Lächeln.

Der ältere Mann warf ihr einen mitfühlenden Blick zu. »Soll ich da rausgehen und ein paar Köpfe einschlagen?«

Brenae kicherte. »Ich schaffe das schon. Aber danke.«

Bei dem ernsten Blick, den Joe ihr zuwarf, vermisste Brenae ihre Eltern noch mehr, als sie es ohnehin schon tat. Nachdem sie die Highschool abgeschlossen hatte, hatten sie beschlossen, dass sie genug von den harten Wintern in Maryland hatten, und waren nach Florida gezogen. Sie hatte sich von ihren Highschool-Freundinnen entfremdet und aufgrund ihres Studiums und den vielen Stunden, die sie im Restaurant arbeitete, um für die Studiengebühren, Lebensmittel, Miete und alles andere, was sie brauchte, aufzukommen, hatte sie keine Zeit, auszugehen und neue Freundinnen zu finden.

Brenae stand unter enormem Stress und ließ erneut die Schultern sinken. Sie war müde, körperlich und geistig. Und die Kadetten, die sie bedienen musste, waren keine Hilfe.

Es machte ihr nichts aus, dass sich das Restaurant in der Nähe der Akademie der US Navy befand. Das bedeutete, dass es immer viel zu tun gab, ihre Schichten schneller vergingen und sie mehr Trinkgeld bekam. Aber es bedeutete auch, dass sie sich mit den Männern und Frauen auseinandersetzen musste, die zu künftigen Führungskräften der Navy ausgebildet wurden.

Die meisten waren nett und angenehm, aber es gab auch solche, die nicht die Absicht hatten, die Navy zu ihrem Beruf zu machen, und die Akademie nur besuchten, weil Mom und Dad es verlangten oder weil es eine Familientradition war.

Brenae hasste es, Vorurteile über Menschen zu haben oder sie zu diskriminieren, aber heute war einer dieser Abende, an denen sie nicht anders konnte. Die sechs Männer am Tisch waren laut, unhöflich, anstößig und verwöhnt. Sie wusste, dass der aufdringlichste von ihnen Enzo hieß. Jedes Mal wenn er seine Hand auf ihren Arm oder ihren Hintern legte, stachelten seine Kumpane ihn weiter an. Als sie das letzte Mal am Tisch gestanden hatte, um ihre Dessertbestellung aufzunehmen, hatte er die Frechheit besessen, seine Hand unter ihren Rock zu schieben und ihren Oberschenkel zu berühren. Brenae hatte ihn wütend angestarrt und ihm gesagt, er solle seine Griffel wegnehmen, aber er hatte nur gelacht. Sie hatte das Gefühl, ihm jetzt eine Herausforderung gegeben zu haben, und aus Erfahrung wusste sie, dass das nicht gut war.

Seufzend lächelte sie Joe an, als sie bemerkte, dass er sie immer noch ansah. »Mir geht es wirklich gut, Joe. Ich muss ihnen nur noch das Dessert bringen, dann verschwinden sie.«

»Sag Bescheid, wenn du Feierabend hast. Ich werde dich zu deinem Wagen begleiten.«

»Danke«, sagte sie leise. Joe war älter als die anderen Köche und war stets bemüht darum, dass sie sich sicher fühlte, einschließlich sie die sechs Meter durch die Hintertür zu ihrem Wagen zu bringen. Sie protestierte jedes Mal und erklärte, dass es nur ein paar Schritte waren, aber er bestand darauf. Brenae wusste, dass er verheiratet war und zwei Kinder hatte. Sie bewunderte seine Arbeitsmoral und die Tatsache, dass er nie etwas Abfälliges über seine Frau sagte, nicht einmal im Scherz. Er war ihr hundertprozentig treu und Brenae wünschte sich mehr als alles andere auf der Welt, was er hatte.

Sie war erst zwanzig, aber je älter sie wurde, desto mehr bekam sie das Gefühl, dass ihr die Gelegenheit entging, jemanden kennenzulernen, der ihr genauso zugetan wäre wie Joe seiner Frau. Viele Menschen trafen ihre Partner fürs Leben in der Highschool oder im College. Während der letzten Jahre war sie aber zu beschäftigt mit Lernen und Arbeiten gewesen, um die Zeit zu haben, auf Partys zu gehen oder woanders herumzuhängen, um Männer zu treffen.

»Die Bestellung ist fertig«, sagte Robert, einer der anderen Köche, und deutete auf die Desserts, die er für ihren Tisch zubereitet hatte.

»Danke«, sagte sie mit einem Nicken. Die Pause war vorbei. Sie arrangierte die verschiedenen Desserts auf ihrem Tablett. Brenae holte tief Luft, nahm das Tablett, machte sich auf den Weg zum Tisch und betete, dass es ohne weitere Zwischenfälle ablaufen würde.

Dag Creasy saß an einem der hinteren Tische in dem kleinen Restaurant und beobachtete die hübsche Kellnerin, als sie aus der Küche kam und zu dem Tisch mit den Arschlöchern ging, die sie während der letzten Stunde bedient hatte. Er musste lernen und hatte beschlossen, dass ein Ortswechsel helfen würde. Er war im dritten Jahr an der Marineakademie und konnte es kaum erwarten, seinen Abschluss zu machen und seinen Lebenstraum zu verwirklichen, Offizier zu werden.

Aber er konnte sich nicht konzentrieren, weil diese Arschlöcher so widerwärtig und respektlos zu ihrer Kellnerin waren. Wenn Dag eines nicht ertragen konnte, dann waren es Leute, die anderen gegenüber unhöflich waren. Besonders wenn unhöflich zu sein bedeutete, jemanden sexuell zu belästigen. Er hatte die Kellnerin im Auge behalten. Als sie das letzte Mal bei dem Tisch war, hatte einer der Typen, der eine Klasse unter ihm war, tatsächlich seine Hand unter ihren Rock gesteckt. Sein Name war Enzo.

Dag war schon halb von seinem Stuhl aufgestanden, als die Kellnerin sich schnell von Enzo entfernt und ihn finster angestarrt hatte, bevor sie mit ihrer Bestellung in die Küche gegangen war.

Enzo war ein Tyrann, anders konnte man ihn nicht beschreiben. Die Navy und die Akademie waren ihm scheißegal. Gerüchten zufolge war er nur da, weil seine Eltern ihn dazu zwangen. Er war schlau. Das musste man sein, um aufgenommen zu werden, aber er war ein Arschloch.

Dag hatte bereits vergessen, dass er zum Lernen hier war, und beobachtete, wie die Kellnerin vorsichtig mit einem Tablett auf den Tisch zuging. Er war froh zu sehen, dass sie sich von Enzo fernhielt, als sie die Dessertteller verteilte. Aber schließlich musste sie auch ihm seinen Nachtisch servieren. Und genau wie beim letzten Mal ließ er seine Hand über ihren Rock gleiten.

Doch diesmal konnte die Kellnerin nicht zurückweichen, denn mit der anderen Hand hielt er sie am Oberschenkel fest und hinderte sie an der Flucht.

Dag konnte nicht länger still sitzen. Er war bereits von seinem Stuhl aufgestanden und auf halbem Weg zu dem anderen Tisch, bevor er es sich ausreden konnte. Hätte die Kellnerin den Eindruck erweckt, dass ihr Enzos Hand und seine Annäherungsversuche nichts ausmachten, hätte er sich um seine eigenen Angelegenheiten gekümmert. Aber der verängstigte Ausdruck auf ihrem Gesicht und die Art, wie sie zusammenzuckte, als seine Finger ihre Haut berührten, machten es ihm unmöglich, sich einfach zurückzulehnen und nichts zu tun.

Er ging auf den Kadetten zu, packte wortlos seinen Arm und drückte so fest zu, dass er Enzo zwang, seine Hand vom Bein der Kellnerin zu nehmen.

»Autsch, was zum Teufel soll das?«, beschwerte sich Enzo.

»Hat sie dich darum gebeten, sie anzufassen?«, fragte Dag. Zu seiner Überraschung trat die Kellnerin näher an ihn heran, anstatt nach hinten zu fliehen. Sie berührten sich nicht, aber er konnte ihre Körperwärme praktisch an seiner Seite und auf seinem Rücken spüren.

»Nicht mit Worten, aber mit ihren Augen«, sagte Enzo und versuchte erfolglos, seinen Arm aus Dags Griff zu befreien.

»Habe ich nicht«, gab die Kellnerin sofort zurück. »Tatsächlich habe ich dir mehrmals gesagt, dass du deine Hände bei dir behalten sollst.«

Dag gefiel ihre Courage, aber das Zittern in ihrer Stimme, das sich so anhörte, als würde sie nur so tun, als wäre sie widerstandsfähig, gefiel ihm nicht.

»Also hat sie dir gesagt, du sollst dich fernhalten,

und du legst trotzdem Hand an sie?«, fragte Dag in einem leisen, tödlichen Tonfall.

»Ich dachte, sie tut nur so, damit ich denke, sie sei nicht leicht zu haben«, murmelte Enzo.

Dag wusste, dass er log. Sogar vom anderen Ende des Restaurants hatte er die Körpersprache der Kellnerin eindeutig verstanden.

»Solltet ihr diese Scheiße überhaupt essen?«, fragte er und verlagerte seinen Fokus auf alle Kadetten am Tisch. Es gab strenge Auflagen für die Studenten und da die Männer an diesem Tisch erst im zweiten Studienjahr waren, galten für sie strengere Regeln, einschließlich dessen, was sie nicht essen sollten – nämlich die fetten Desserts, die gerade auf ihrem Tisch standen.

Dag hatte einen guten Ruf an der Akademie und er wusste genau wie die Arschlöcher um den Tisch, dass er im nächsten Jahr Brigadekommandant werden würde. Ein Titel, der jemandem für herausragende Führung verliehen wurde. Er würde für die Koordination der Brigade und die Ausbildung anderer Kadetten verantwortlich sein, wie eine Art Klassensprecher. Dag würde diese Verantwortung gern übernehmen. In der Zwischenzeit hätte er verdammt sein sollen, wenn er nur herumgesessen und zugesehen hätte, wie diese Kerle die Kellnerin belästigten und schikanierten.

»Ich rate euch«, sagte er streng, »eure Ärsche zurück in die Bancroft Hall zu bewegen und im Detail vorzutragen, wie ihr den Ehrenkodex gebrochen habt, und euch freiwillig für einen zusätzlichen Kurs in sexueller Belästigung zu melden.«

Enzo funkelte ihn an, während die anderen Kadetten erschrocken die Augen aufrissen. Sie wussten es besser, als ihm zu widersprechen. Sie wussten alle, dass er ihnen das Leben an der Akademie schwer machen könnte.

Dag ließ Enzos Arm los und trat einen Schritt zurück, um sich zwischen die Kellnerin und den Tisch zu stellen. »Und vergesst nicht, der Kellnerin zwanzig Prozent Trinkgeld zu geben«, fügte er hinzu, als die Männer ihre Sachen zusammensuchten. An der Akademie gab es nicht viel Freizeit, nur während der Lernstunden von zwanzig bis dreiundzwanzig Uhr jeden Abend hatten die Kadetten die Möglichkeit, der alltäglichen Eintönigkeit zu entfliehen. Dag würde eine Empfehlung aussprechen, es diesen sechs Männern für eine Weile zu untersagen, den Campus zu verlassen.

Ohne ein weiteres Wort schlichen sich die

Männer aus dem kleinen Restaurant und machten sich auf den Weg zurück zum Wohnheim.

Dag wandte sich an die Kellnerin. »Bist du okay?«

Sie nickte.

»Ich entschuldige mich im Namen dieser Idioten. Wir sind nicht alle aus demselben Holz geschnitzt.«

Sie musterte ihn mit einem Ausdruck in den Augen, den er nicht deuten konnte.

»Sie schienen fast Angst vor dir zu haben«, sagte sie nach einem Moment.

Dag zuckte mit den Schultern. »Mein Lebensplan ist es, Karriere bei der Navy zu machen. Alles, was mit meiner Zukunft zu tun hat, nehme ich sehr ernst. Ich habe mir an der Akademie einen Ruf als zielstrebige und ehrliche Führungsperson erarbeitet.«

Sie nickte und streckte eine Hand aus. »Ich bin Brenae, Brenae Goldner.«

»Dag Creasy«, sagte er und griff nach ihrer ausgestreckten Hand.

In der Sekunde, in der ihre Hände sich berührten, fühlte es sich an, als würde Dag ein Stromstoß den Arm hinauf bis in seine Brust rasen. Mehrere

Sekunden standen sie schweigend da, hielten ihre Hände und starrten sich in die Augen.

»Schön, dich kennenzulernen«, sagte Brenae leise.

»Gleichfalls«, sagte Dag zu ihr. Als er endlich seinen Griff um ihre Hand lockerte, fühlte es sich fast wie ein Verlust an, dass er sie gehen lassen musste. Das Gefühl war seltsam. Sein ganzes Leben lang hatte er sich vorgenommen, Marineoffizier und schließlich ein Navy SEAL zu werden. Im kommenden Sommer würde er mit einer Spezialeinheit zur See fahren. Er konnte es kaum erwarten, aus erster Hand zu erleben, wie die SEALs arbeiteten.

Aber plötzlich, zum ersten Mal in seinem Leben, scheute er sich davor, Zeit außerhalb von Annapolis zu verbringen.

»In zwanzig Minuten habe ich Feierabend«, sagte Brenae schüchtern. »Möchtest du vielleicht eine Tasse Kaffee mit mir trinken?«

»Sehr gern.« Es gefiel ihm, dass Brenae so selbstbewusst war, ihn um eine Verabredung zu bitten.

Okay, es war keine richtige Verabredung, aber er könnte so tun, als ob.

Sie nickte ihm zu, wich dann zurück und unterbrach den Blickkontakt erst in der letzten Minute, als sie sich umdrehte und durch die Tür zurück in die Küche ging.

Brenae hatte keine Ahnung, was sie tat. Das sah ihr gar nicht ähnlich. Sie war sonst nicht so direkt. Aber Dag hatte etwas an sich, das sie dazu brachte, sich untypisch zu verhalten.

Alles an dem Mann, der ihr zu Hilfe gekommen war, gefiel ihr. Sein Haar war kurz geschnitten, wie das Haar aller jungen Männer, die zur Akademie gingen. Er hatte braune Augen und es gefiel ihr, wie groß er war. Sie konnte sehen, dass er sehr muskulös war und stark sein musste, weil er Enzo leicht kontrolliert hatte. Und sie mochte auf jeden Fall, wie sicher er sich war, was er mit seinem Leben anfangen wollte.

Es könnte ein Fehler sein, sich auf einen Navy-Kadetten einzulassen. Sie wusste, dass er nicht viel Zeit hatte neben den vielen Aktivitäten, die zu seiner Ausbildung gehörten, aber sie konnte nicht anders.

Sie beeilte sich, die letzten Dinge zu erledigen, um die sie sich kümmern musste, bevor sie ihre Schicht abschloss, und wünschte, sie würde etwas anderes tragen als ihre kitschige Arbeitsuniform, als sie ins Lokal zurückging.

Dag stand auf, als sie näher kam, was sie zum Lächeln brachte. Er hatte auf jeden Fall gute Manieren, was sie beeindruckte. So viele Leute waren heute nur noch daran interessiert, Spaß zu haben, sie dachten nicht einmal daran, die Tür aufzuhalten, Bitte und Danke zu sagen und im Allgemeinen respektvoll zu sein.

»Hallo«, sagte sie, als sie auf ihn zukam.

»Hallo«, gab er zurück und deutete dann auf den Platz ihm gegenüber.

Brenae setzte sich und fühlte sich plötzlich unbehaglich. Was tat sie hier? Sie kannte diesen Typen nicht. Nur weil er für sie eingetreten und wunderschön war, bedeutete das nicht, dass er sich in irgendeiner Weise für sie interessierte. Vielleicht spielte er nur ein Spiel. Sie hatte ihm kaum eine andere Wahl gegeben, als ihre dumme Einladung zum Kaffee anzunehmen. Sie machte sich lächerlich. Und scheiße, sie hatte sogar vergessen, Kaffee mitzubringen.

»Hör auf zu grübeln«, sagte er sanft, als er sich ihr gegenüber hinsetzte.

Sie biss sich auf die Lippe und fragte dann: »Woher wusstest du, dass ich gegrübelt habe?«

»Ich kann dir versichern, dass ich deinem Angebot nicht zugestimmt hätte, wenn ich es nicht gewollt hätte.«

Erleichtert seufzte sie innerlich auf und nickte. »Ich bin eine Kellnerin und habe sogar vergessen, uns Kaffee mitzubringen.«

Dag zuckte mit den Schultern. »Das ist okay. Ich wollte eigentlich nur etwas Zeit damit verbringen, dich kennenzulernen.«

»Wieso?« Die Frage rutschte ihr heraus, bevor sie nachgedacht hatte. Brenae wusste, dass sie rot wurde, konnte es aber nicht verhindern.

Dag lachte leise. »Ich mag es, dass du sagst, was du denkst.«

»Das bringt mich meistens in Schwierigkeiten«, gab sie zu.

»Aber es ist echt. Und das bewundere ich. Und um deine Frage zu beantworten, du bist mir in der Sekunde aufgefallen, in der ich heute Abend hereinkam. Und ohne dich beunruhigen zu wollen, aber ich habe den ganzen Abend beobachtet, wie du mit Enzo und seinen Kameraden umgegangen bist. Ich war beeindruckt, dass du freundlich geblieben und eine professionelle Distanz bewahrt hast, bis er sich entschieden hatte, Hand an dich zu legen.«

»Vielen Dank.«

»Passiert das oft?«

»Was?«

»Arschlöcher, die denken, es sei in Ordnung, dich ohne deine Zustimmung anzufassen?«

Brenae zuckte mit den Schultern. »Das gehört irgendwie zum Job.«

»Nein«, sagte Dag entschlossen, »das ist Unsinn. Niemand darf dich anfassen, wenn du es nicht auch willst.«

Sie blinzelte bei der Vehemenz in seiner Stimme. »Das ist keine große Sache, Dag. Meistens berühren sie nur meine Hand oder vielleicht mein Bein ... oder streichen über meinen Rock.«

Dag beugte sich vor und sie konnte den Blick nicht von der Intensität in seinen Augen abwenden. »Falsch, das ist nicht okay. Es ist nicht in Ordnung und du solltest dich von niemandem ansprechen oder auf eine Weise berühren lassen, bei der du dich nicht wohlfühlst. Das ist respektlos und eine Belästigung.«

Brenae musste nur eine Sekunde darüber nachdenken, bevor sie merkte, dass er natürlich recht hatte. Sie hatte diese Belästigungen irgendwie als Teil ihrer Arbeit hingenommen, aber ganz ehrlich gesagt, hätte jemand wie Enzo sie so angefasst, bevor sie als Kellnerin gearbeitet hatte, wäre sie ausgerastet. Nur weil sie als Kellnerin tätig war, musste sie sich so etwas nicht gefallen lassen. »Du hast recht.«

Dag holte tief Luft und lehnte sich zurück. Sie starrten sich einen Moment lang an, bevor sie fragte: »Also ... du willst Marineoffizier werden?«

Dag lächelte und ihr stockte der Atem. Er sah schon gut aus, wenn er überlegte und ernst war, aber wenn er grinste, war er einfach wunderschön.

»Ja, in der Grundschule kam eines Tages ein Navy SEAL in unsere Klasse und hat uns über seinen Job erzählt. Seit diesem Tag wollte ich nichts anderes mehr, als selbst ein SEAL zu werden.«

»Ein SEAL, hm?«, fragte Brenae.

Er nickte. »Das ist mein ultimatives Ziel. Ich weiß, es wird nicht einfach. Tatsächlich wird es brutal schwer, aber ich kann es schaffen.«

Sie mochte sein Selbstvertrauen. Sie stieß ein kurzes Lachen aus. »Ich werde im Frühling voraussichtlich mein zweijähriges Studium der Betriebswirtschaftslehre abschließen und habe noch keine Ahnung, was ich mit meinem Leben anfangen soll.«

»Ich habe das Gefühl, dass du gut darin sein wirst, was auch immer du tust«, sagte Dag.

Brenae verdrehte die Augen. »Du kennst mich nicht einmal.«

»Das versuche ich gerade zu ändern«, sagte er ruhig.

Während der nächsten Stunde sprachen sie über alles Mögliche, angefangen bei ihren Eltern bis hin zu ihrem Traumurlaub. Brenae erzählte ihm, dass sie außer der Gegend um Baltimore noch nicht wirklich viel von der Welt gesehen hatte, und er erzählte ihr mehr über das SEAL-Training.

Sie sah auf die Uhr und verzog das Gesicht.

»Was?«, fragte er.

»Ich hasse es wirklich, das sagen zu müssen, und es ist keine Ausrede, aber ich muss wirklich nach Hause und lernen. Ich habe morgen eine Prüfung in Buchhaltung und kann es mir nicht leisten durchzufallen.«

Dag nickte sofort und begann, seine Sachen zu packen.

»Oh, das heißt nicht, dass du gehen musst«, sagte sie zu ihm.

Er hielt inne und sah ihr noch einmal in die Augen. Sie mochte die intime Art und Weise, wie er sie ansah, aber es schüchterte sie nicht ein. »Für mich ist es auch an der Zeit zu gehen. Ich muss Enzo melden und es ist auch bald Zeit für die nächtliche Ausgangssperre. Aber ich würde dich gern wiedersehen, Brenae.«

Schmetterlinge flatterten in ihrem Bauch herum. Sie hatte gehofft, er würde sie um eine richtige Verabredung bitten. »Das würde mir gefallen.«

Er lächelte. »Aber zuerst werde ich dich zu deinem Wagen begleiten. Musst du noch etwas holen, bevor du gehst?«

»Nein, ich habe meine Handtasche hier. Ich habe alles.«

Dag erhob sich und als sie beim Aufstehen ins Stolpern geriet, war er zur Stelle und hielt sie mit einer Hand an ihrem Ellbogen fest. »Danke. Wir können durch die Hintertür gehen. Mein Wagen steht auf dem Parkplatz hinter dem Restaurant.«

Als sie durch das Restaurant gingen, spürte sie Dags Hand an ihrem Rücken. Er drängte sie nicht, er berührte sie eigentlich kaum. Wenn überhaupt, dann waren es seine Fingerspitzen, die sie beim Gehen leicht berührten. Aber sie war sich jeder noch so winzigen Berührung seiner Hand auf ihrem Körper bewusst. Sie bekam eine Gänsehaut ... und so verrückt, wie es klang, vermutete Brenae, dass sie sich bereits viel zu schnell in den Mann neben ihr verguckt hatte.

Sie gingen in die Dunkelheit hinaus und Brenae begann zu zittern.

»Ist dir kalt?«, fragte er besorgt.

»Ich werde es aushalten, bis ich die Heizung in meinem Wagen aufdrehen kann«, antwortete sie.

Sie führte ihn zu ihrem Wagen und drehte sich schüchtern zu ihm um, als sie ankamen.

Dag schaute sie von Kopf bis Fuß an und blieb überraschenderweise nicht an ihren Brüsten hängen. Es war eher ein einschätzender Blick, um sicherzugehen, dass es ihr gut ging, als etwas Anzügliches.

»Musst du weit fahren?«, fragte er.

Brenae schüttelte den Kopf. »Nicht sehr weit, nur etwa zehn Minuten oder so.«

Er nickte. Dann sagte er etwas, das sie überraschte. »Ich werde ein Karriere-Navy-Typ und du weißt, dass ich versuche, ein SEAL zu werden. Das bedeutet viele Auslandseinsätze. Ich könnte zwei Wochen oder zwölf Monate am Stück weg sein. Ich werde es nicht vorhersagen können.«

Brenae runzelte verwirrt die Stirn. »Okaaaaay ...«

Er streckte die Hand aus und sie legte automatisch ihre hinein. Seine Finger schlossen sich um ihre und er führte ihre Hand zu seinem Mund und küsste ihren Handrücken. »Ich erzähle dir das, weil ich mich für dich interessiere, Brenae. Du faszinierst mich und du lässt mich Dinge fühlen, die ich noch nie zuvor für jemanden empfunden habe. Und wenn ich mich nach einer Stunde mit dir bereits so fühle, werden diese Gefühle nur stärker werden, je besser ich dich kennenlerne. Wenn die Dinge zwischen uns so laufen, wie ich es mir erhoffe ... nun, dann bedeutet es, dass das, was ich mit meinem Leben mache, auch dich beeinflussen wird. Deshalb erzähle ich dir jetzt, was in meiner Karriere passieren wird, um sicherzugehen, dass du damit umgehen kannst.«

Brenae blinzelte ihn mit klopfendem Herzen an.

Heiliger Strohsack. Sie wusste nicht, ob sie ausflippen oder sich freuen sollte, dass er nach nur einer Stunde mit ihr eine langfristige Beziehung eingehen wollte.

Letzteres setzte sich durch.

»Ich kann damit umgehen«, antwortete sie.

»Sei nicht zu voreilig mit deiner Antwort. Es bedeutet, dass du viel allein sein wirst. Und wenn wir eines Tages heiraten und Kinder bekommen, musst du viel Verantwortung tragen, weil ich nicht da bin, um meinen Anteil zu leisten. Versteh mich nicht falsch, wenn ich zu Hause bin, werde ich hundertprozentig für meine Familie da sein, aber es wird Zeiten geben, in denen meine zukünftige Frau allein damit klarkommen muss, dass die Toilette verstopft ist, eines der Kinder mit einem gebrochenen Knochen in die Notaufnahme muss und dass Tausende andere Kleinigkeiten zu erledigen sind, weil ich nicht da bin.«

Brenae war sich nicht sicher, ob er sie vor sich warnte, aber bei der Vorstellung, mit diesem Mann Kinder zu haben, konnte sie nur noch daran denken, diese imaginären Kinder zu machen – und wie erstaunlich sicher sie sich war, dass es so kommen würde.

»Ich mache einen Abschluss in Betriebswirtschaftslehre, weil ich es mag zu lernen. Ich dachte außerdem, dass ich mit diesem Abschluss beruflich alles machen kann, egal wofür ich mich entscheide. Aber um ehrlich zu sein, wünsche ich mir nichts sehnlicher, als Vollzeitmutter zu sein. Ich weiß, dass das in der heutigen Welt der Frauenbewegung keine beliebte Wahl ist, aber ... es ist tatsächlich so. Ich würde kein Problem damit haben, wenn du auf Einsätze musst. Ich möchte, dass jeder Mann, mit dem ich zusammen bin, das tut, wofür er eine Leidenschaft hat. Wie könnte ich jemals etwas dagegen haben, wenn du unserem Land dienen willst?«

Seine Gesichtszüge wurden sanfter und zum ersten Mal sah sie Leidenschaft in seinen Augen. Sie leckte sich über die Lippen und konnte den Blick nicht von seinem lassen. Seine Finger schlossen sich fester um ihre Hand.

»Ich würde dich gern küssen«, sagte er leise.

Er lehnte sich nicht nach vorn und setzte sie in keiner Weise unter Druck.

Er zeigte ihr einmal mehr, dass er ein wahrer Gentleman war, und sie fühlte sich umso mehr zu ihm hingezogen.

»Das würde mir gefallen«, gab sie leise zurück.

Dann bewegte Dag sich langsam. Seine freie Hand legte er an ihren Hals und streichelte sie sanft mit seinem Daumen, während er ihre verschränkten Hände hinter ihren Rücken legte. Brenae legte ihre freie Hand auf seinen Bizeps und hielt praktisch den Atem an, als er sich langsam zu ihr vorbeugte.

Kurz bevor seine Lippen ihre berührten, sagte Dag: »Ich habe das Gefühl, dass ich mich für den Rest meines Lebens an diesen Kuss erinnern werde.«

Sein warmer Atem wehte über sie, bevor er sie schließlich küsste.

Brenae schloss die Augen und klammerte sich an seinen Arm, als Dag die Kontrolle über den Kuss übernahm. Er knabberte an ihren Lippen und neckte sie mit seiner Zunge, bevor ihr ein tiefes Stöhnen entwich. Er nahm das als Zustimmung oder Ungeduld und sie spürte, wie er an ihren

Lippen lächelte, bevor er den Kopf neigte und sich nahm, was sie beide wollten ... und brauchten.

Der Kuss war mit nichts vergleichbar, was Brenae zuvor erlebt hatte. Dag überwältigte ihre Sinne. Sie schloss die Augen und roch, was wahrscheinlich der Duft des Duschgels war, das er benutzte. Sie spürte, wie er seine Finger sinnlich um ihren Nacken legte. Er drückte sie nicht gegen ihren Wagen, drückte nicht seinen Schritt gegen sie, versuchte, ihr generell nicht auf grobe Art zu zeigen, wie sehr sie ihn anmachte. Mit der Zunge strich er einfach immer und immer wieder über ihre und es fühlte sich irgendwie an, als wäre dies ihr erster richtiger Kuss.

Ein Teil von ihr wusste tief in ihrem Inneren, dass Dag der einzige Mensch sein würde, den sie jemals auf diese Weise küsste.

Als er sich schließlich zurückzog, wich er nur so weit zurück, um ihr in die Augen sehen zu können.

Instinktiv wusste Brenae, dass sich ihr Leben gerade unwiderruflich und zum Besseren verändert hatte. Das Leben als Ehepartner eines Militärangehörigen wäre nicht einfach, besonders nicht mit einem Mann wie Dag, der als Führungsperson arbeiten wollte. Aber sie konnte sich plötzlich nicht mehr vorstellen, etwas anderes in ihrem Leben zu machen. Mit ihm an ihrer Seite könnte sie alles erreichen, überall hingehen und sein, wer sie wollte.

»Heilige Scheiße«, sagte er leise.

Brenae lächelte. Seine Worte waren krass, aber sie hätte es selbst nicht besser ausdrücken können.

Er schien sich zu sammeln und holte tief Luft. Sie beobachtete, wie er sich sinnlich über die Lippen leckte.

Ohne nachzudenken, stellte sie sich auf die Zehenspitzen und küsste ihn sanft. Diesmal war es ein Kuss mit geschlossenem Mund und dadurch noch romantischer und zärtlicher.

»Nicht dass ich mich beschwere, aber wofür war das?«, fragte er.

»Ich wollte nur ... ich wollte dich noch ein letztes Mal schmecken.« Sie kam sich dumm vor, sobald die Worte ihren Mund verlassen hatten, aber die Art, wie er sie anlächelte, nahm ihr jede Verlegenheit, die sie wegen ihrer impulsiven Handlung empfunden hatte.

»Gib mir deine Nummer«, sagte er.

»Musst du sie aufschreiben?«, fragte sie.

Dag entfernte sich nicht von ihr. »Nein, ich werde sie mir merken.«

Sie ratterte ihre Nummer herunter und er

wiederholte sie. »Ich rufe dich morgen Abend an. Wann hast du Feierabend?«

»Gleiche Zeit.«

»Okay. Ich kann morgen nicht ins Restaurant kommen, aber ich rufe dich an, um mich davon zu überzeugen, dass du gut nach Hause gekommen bist.«

»Das würde mir gefallen.«

»Du musst dir keine Sorgen machen, dass Enzo und seine Kumpane wiederkommen. Ich werde dafür sorgen, dass er weiß, dass das Restaurant für ihn von nun an tabu ist.«

»Ich kann damit umgehen«, erwiderte Brenae.

»Ich weiß, dass du das kannst. Aber du musst es jetzt nicht mehr. Ich sollte das jetzt wahrscheinlich nicht sagen, aber ich bin überfürsorglich. Ich war es schon immer und werde es immer sein. Wenn du mit mir zusammen bist, werde ich mein Bestes tun, damit du in Sicherheit bist. Auch wenn ich nicht in der Nähe bin, werde ich mein Möglichstes tun, um dir das Leben so weit wie möglich zu erleichtern, verstanden?«

Brenae zitterte und nickte.

Dag interpretierte ihr Zittern falsch und dachte, dass ihr kalt war. Er sagte: »Ich bin ein Idiot, weil ich dich hier in der Kälte in diesem dünnen Kleid stehen lasse. Komm sicher nach Hause. Ich rufe dich morgen an.«

Brenae nickte und war leicht enttäuscht, als er seine Hände von ihr nahm und ihr beim Einsteigen half. Sie ließ das Fenster herunter und rief: »Dag?«

»Ja, Brea?«

Sie liebte es, wie er ihren Namen sagte. »Fürs Protokoll, ich bin stolz auf dich. Nicht jeder ist dafür geschaffen, seinem Land zu dienen. Und selbst wenn ich dich erst kurz kenne, weiß ich, dass du ein ausgezeichneter Offizier und SEAL werden wirst. Unser Land kann sich glücklich schätzen, dich auf seiner Seite zu haben.«

»Danke. Das bedeutet mir die Welt. Bis bald, Brea.«

»Bis bald, Dag.«

Brenae fuhr zurück zu ihrem kleinen Apartment. Die ganze Fahrt über hatte sie ein breites Lächeln im Gesicht. Es war erstaunlich. In einer Minute war sie noch deprimiert und einsam gewesen und in der nächsten fühlte sie sich, als hätte sie ein ganz neues Leben vor sich. Letztendlich hatte sie keine Ahnung, ob es mit Dag wirklich funktionieren würde ... aber sie hatte ein wirklich gutes Gefühl dabei.

In dieser Nacht hatte sie einen Traum. Sie und Dag hatten beide graue Haare und saßen auf einem

Zweiersofa auf der Veranda eines großen Hauses am Strand. Sie beobachteten den Sonnenuntergang und hielten Händchen. Sie saßen einfach beieinander und genossen die romantische Umgebung.

Dag drehte sich zu ihr um und sagte: »Ich bin der glücklichste Mann auf der Welt. Wer hätte vor all den Jahren gedacht, dass wir heute hier sind?«

Und Traum-Brenae wandte sich an ihren Mann, den Mann, den sie ihr ganzes Leben lang geliebt hatte, und sagte: »Ich.«

KAPITEL ZWEI

Heute

Riverton, Kalifornien

Brenae Creasy saß auf der Felswand am Strand und versuchte, geduldig zu sein. Sie und ihr Mann, Konteradmiral Dag Creasy, waren zum vierteljährlichen Picknick der SEAL-Familien gegangen und hatten sich vorgenommen, gerade lange genug zu bleiben, um die Männer unter seinem Kommando zu begrüßen, und dann wieder nach Hause zu gehen.

Zu Hause bedeutete im Moment eine Wohnung, da sich ihr neues Haus noch im Bau befand. Ihr altes Haus war überraschend schnell verkauft worden und somit mussten sie einige Monate in einer Wohnung leben, bis sie ihr Traumhaus mit Blick auf den Pazifischen Ozean beziehen konnten.

Aber kurz nachdem sie am Strand angekommen waren, hatte ihr Tag eine Wendung genommen. Ein Verräter in der Navy, nach dem ihr Mann lange gesucht hatte, hatte direkt am Strand versucht, eine junge Frau zu töten.

Brenae hatte das Geschehen ungläubig mit angesehen und wäre vor Angst sowohl um ihren Mann als auch die Frau beinahe gestorben. Ohne zu zögern, hatte Dag sich den viel jüngeren Navy SEALs angeschlossen und sich in den Kampf gestürzt. Aber sie war nicht in Panik geraten, selbst als die ersten Schüsse fielen. Sie vertraute Dag. Und was noch wichtiger war, sie vertraute den SEALs, mit denen er zusammenarbeitete.

Seit dem Vorfall waren mehr als zwei Stunden vergangen, aber Brenae weigerte sich zu gehen. Dag war zu ihr gekommen und hatte ihr gesagt, dass es eine Weile dauern würde und dass sie nach Hause fahren solle, aber sie hatte abgelehnt. Sie hatte getan, was sie konnte, um die anderen Frauen und ihre Kinder zu beruhigen, bevor sie gegangen waren. Aber selbst als es sich abkühlte und sie zu zittern begann, weigerte sie sich zu gehen.

Dag war gestresst. Sie war seit fast dreißig Jahren mit diesem Mann verheiratet. Sie kannte ihn besser als jeder andere auf der Welt. Für alle anderen war er es, an den sie sich wandten, zu dem sie aufsahen und den sie respektierten … ja fast verehrten. Aber für sie war er nur Dag. Die beiden hatten so viel gemeinsam durchgemacht. Sie kannte ihn in- und auswendig. Und jetzt sah sie, dass er litt. Sie würde nicht ohne ihn gehen, auf keinen Fall.

Brenae war immer stolz auf Dag gewesen. Aber in diesem Moment, als sie ihn beobachtete, wie er diejenigen beruhigte, die es brauchten, wie er seinen Rang eingesetzt hatte, um die örtliche Polizei in die richtigen Bahnen zu lenken, und wie mitfühlend er mit der jungen Frau war, die an diesem Abend fast ihr Leben verloren hatte … war sie noch stolzer.

Jedes Mal wenn sie ihren Mann ansah, sah sie den jungen Matrosen, den sie kennengelernt hatte, als er noch auf der Marineakademie war und sie eine Studentin am Community College, die nebenher in einem heruntergekommenen kleinen Restaurant arbeitete. Aber es waren Zeiten wie diese, in denen ihr klar wurde, dass er eine verdammt gute Führungsperson war. Männer und Frauen sahen gleichermaßen zu ihm auf, wenn es hart auf hart kam.

Als die Sonne schließlich hinter dem Horizont verschwand, hatten die meisten Polizisten und Ermittler der Navy den Strand bereits verlassen. Die SEALS, die direkt an der Rettung der Frau beteiligt gewesen waren, wurden ebenfalls nach Hause geschickt.

Brenae sah, wie Dag schließlich den verbliebenen Polizisten die Hände schüttelte und dann auf sie zukam. Er trug eine Jeans und ein schwarzes T-Shirt, aber auch ohne Uniform hatte er keine Probleme, jedem, dem er begegnete, Respekt einzuflößen. Aber Brenae konnte den Blick nicht von seinem Gesicht nehmen.

Er war erschöpft, traurig, sauer und besorgt – um sie. Sie hasste es, wenn sie ihm noch mehr Sorgen machte, aber sie hätte auf keinen Fall gehen können. Sie stand auf, als er näher kam. Zu ihrer Überraschung legte er nicht seine Hand an ihren Rücken und führte sie zu ihrem Wagen, sondern nahm sie in die Arme.

Dag war kein Mann, der seine Gefühle zur Schau stellte, vor allem nicht in der Öffentlichkeit. Er war sich immer seines Ranges und der damit verbundenen Verantwortung bewusst. Als Karriereoffizier hatte er vor langer Zeit gelernt, seine wahren Gefühle hinter einer stoischen Fassade zu verbergen. Sie in die Arme zu nehmen und festzuhalten, als wäre sie eine Feder, die von einer Brise weggeweht werden könnte, war eine ungewöhnliche Geste, bei der sich ihr Herz verkrampfte.

Sie war etwa fünfzehn Zentimeter kleiner als er mit seinen eins zweiundachtzig, aber sie spürte, wie er seine Nase in ihrem Haar vergrub, als er sie festhielt. Brenae legte ihre Arme um den Mann, den sie von ganzem Herzen liebte, und berührte seinen Hinterkopf, während sein kurzes Haar auf eine vertraute und beruhigende Art über ihre Handfläche strich.

»Es tut mir leid«, sagte sie leise. »Das muss scheiße gewesen sein.«

»Ja«, murmelte Dag gegen ihr Haar.

»Bist du in Ordnung?«, fragte sie.

Er stieß ein leises Lachen aus, richtete sich auf und sah sie an. »Ich dachte, aus dieser Frage wärst du herausgewachsen.«

Brenae starrte ihren Mann spöttisch an. »Dag, du bist mit einer Schusswunde von einer Mission nach Hause gekommen und hast versucht, so zu tun, als wäre es nichts.«

Er zuckte mit den Schultern. »Ich hatte dich seit einem Monat nicht gesehen. Der Kratzer an meinem Arm konnte warten. Dich zu sehen konnte es nicht.«

Bei seinen Worten schmolz sie innerlich dahin, sah ihn aber immer noch finster an. »Kratzer? Die Kugel steckte immer noch in deinem Arm. Und es war entzündet.« Sie schüttelte den Kopf. »Ich habe an diesem Tag meine Lektion gelernt. Zuerst muss ich sicher sein, dass es dir wirklich gut geht, bevor wir mit dem fortfahren können, was wir tun wollten.«

»Mir geht es gut, Schatz, wirklich«, sagte er leise und richtete den Blick aus seinen braunen Augen auf ihren.

»Gut, kannst du jetzt gehen?«

»Ja, die Navy schickt jemanden zu seiner Frau, um sie über seinen Tod zu benachrichtigen.«

»Wir sollten sie morgen besuchen.«

Dag schluckte schwer, bevor er nickte. »Ich hätte nicht gedacht, dass du mitkommen willst.«

»Ich kenne sie schon so lange wie du ihn. Das wird schwer für sie und ihre Kinder sein.«

»Ich weiß. Ich liebe dich, Brenae. Ich weiß nicht, was zum Teufel du in mir gesehen hast, als ich noch ein naseweißer Kadett war, aber die Zeit, die wir zusammen verbracht haben, habe ich niemals bereut.«

»Ich auch nicht«, sagte Brenae zu ihm. Ihre Ehe hatte sicherlich ihre Höhen und Tiefen gehabt.

Dreißig Jahre mit einem Mann verheiratet zu sein, der sich dem Militär verschrieben hatte, war kein Zuckerschlecken, aber sie hatte nie aufgehört, ihn zu lieben. »Lass uns nach Hause gehen.«

»Gott, ich wünschte, unser Haus wäre fertig«, murmelte er. »Ich würde jetzt nichts lieber tun, als ein langes Bad in dem Whirlpool zu nehmen, der auf der Terrasse installiert wird.«

Brenae stimmte ihm zu, sagte aber nur: »Wir werden mit einer Dusche auskommen. Komm schon.«

Dag legte seinen Arm um ihre Taille und zog sie an seine Seite, als er sie zu ihrem Wagen auf dem Parkplatz führte. Er gehörte zu den letzten, die noch auf dem verlassenen Grundstück standen, aber Dag sah sich trotzdem um, um sich zu vergewissern, dass sie sicher war.

Innerhalb von fünfzehn Minuten hielten sie vor ihrem Apartmentgebäude. Es war inzwischen dunkel. Wieder achtete Dag darauf, nach möglichen Gefahren Ausschau zu halten, als er sie zur Haustür führte. Eines der Dinge, die Brenae an ihrem Mann liebte, war die Art und Weise, wie er sie ständig berührte, wenn sie allein waren. In der Öffentlichkeit war er stets der vollendete Profi, der sich immer der Tatsache bewusst war, dass andere ihn beobachteten und beurteilten. Aber privat machte er seinen Mangel an öffentlichen Zuneigungsbekundungen mehr als wett. Wenn sie nahe genug war, um sie zu berühren, tat er es. Seine Finger an ihrem Rücken, eine Hand auf ihrem Arm oder in ihrer.

Es war eine kurze Fahrt mit dem Fahrstuhl in den zweiten Stock und bevor sie sichs versah, waren sie in ihrer Dreizimmerwohnung.

In der Sekunde, in der sich die Tür hinter ihnen schloss, nahm Dag ihre Hand und ging schnurstracks auf ihr Schlafzimmer zu.

Überrascht und wortlos folgte Brenae ihm. Sie hatte Hunger, da sie stundenlang am Strand gewesen waren, aber sie würde sich nicht beschweren. Was immer Dag gerade brauchte, sie würde es ihm geben.

Er ging direkt ins Badezimmer, das an ihr Schlafzimmer angeschlossen war. Es war nichts Besonderes, der Waschtisch aus Resopal, die Wände in einem grässlichen Grün gestrichen. Aber da es sich um eine Mietwohnung handelte, würden sie nicht das Geld investieren, sie umzubauen. Dag hielt ihre Hand fest, während er sich vorbeugte und das Wasser in der Dusche aufdrehte. Dann richtete er sich auf und sah ihr in die Augen, als er endlich ihre Hand losließ und anfing, sich auszuziehen.

Brenae konnte nicht anders, als ihren Mann anzustarren. Mit dreiundfünfzig war er immer noch genauso gut aussehend wie mit einundzwanzig, eigentlich noch besser. Er hatte seine jungenhaften Züge verloren und sah jetzt reifer aus. Sein braunes Haar hatte silberne Strähnen und sein Bart war eher grau als braun. Er hatte Falten auf beiden Seiten seiner Augen, aber der Ausdruck in ihnen war jetzt genauso intensiv wie zu seiner Zeit auf der Akademie.

Er zog sein Hemd aus und Brenae leckte sich erwartungsvoll über die Lippen. Sein Bizeps wölbte sich bei seinen Bewegungen und sie liebte den Anblick der Venen auf seinen Unterarmen.

Mit den SEALs, die jeden Morgen am Strand trainierten, konnte er nicht mehr ganz mithalten, aber fürs Pflegeheim war er noch nicht ganz bereit. Sein Bauch war noch immer flach und es waren noch schwache Umrisse eines Waschbrettbauches zu erkennen. Er war so unglaublich gut aussehend ... und er gehörte ihr allein.

»Wirst du dich mir anschließen?«, fragte Dag leise, während er sich die Jeans über seine muskulösen Oberschenkel schob. Bei der Beule in seinen Boxershorts lief ihr das Wasser im Mund zusammen. Ihr Mann mochte in seinen Fünfzigern sein, aber verflucht, er war so verdammt heiß, manchmal fiel es Brenae immer noch schwer zu glauben, dass er mit ihr zusammen war.

Dag war ihr erster und einziger Liebhaber gewesen und sie hatte nie das Gefühl gehabt, etwas verpasst zu haben. Er hatte immer dafür gesorgt, dass sie zufrieden war, bevor er sich um sich selbst kümmerte, jedes Mal. Dag war ein großartiger Liebhaber und erfinderisch.

Als er seine Unterhose über seine Beine schob, leckte Brenae sich wieder über die Lippen und schüttelte sich aus ihrer Trance. In Rekordzeit zog sie sich selbst aus und war bald genauso nackt wie ihr Mann. Das Alter hatte ein bisschen mehr an ihr gezehrt, als ihr lieb war, aber Dags Augen funkelten jedes Mal, wenn er sie nackt sah. Und das war alles, was sie interessierte.

Er streckte eine Hand aus, um ihr in die Wanne zu helfen, die für ihren Geschmack viel zu klein war. Dag folgte ihr sofort. Er griff nach dem Wasserhahn, drehte das Wasser etwas heißer und setzte sich dann auf den Boden der Wanne.

Brenae wusste, was er brauchte, drehte dem Wasser den Rücken zu und setzte sich rittlings auf die Schenkel ihres Mannes. Als sie auf ihm saß, hob er seine Knie, drückte sie an seine Brust und legte sich mit ihr zurück. Der Dampf des heißen Wassers hatte das kleine Bad schnell ausgefüllt. Brenae legte ihre Arme um Dags Nacken und vergrub ihre Nase zwischen seinem Hals und seiner Schulter. Sie spürte, wie er sich auch an sie klammerte. Einen Arm legte er um ihre Taille, um sie festzuhalten, den anderen um ihren Rücken.

Es kam nicht oft vor, dass Dag so kuscheln wollte. Aber in der Privatsphäre ihrer Wohnung, mit dem Dampf um sie herum, der so dicht war, dass sie kaum sehen konnten, entspannte er sich – mit ihr, mit ihr allein.

Brenae spürte, wie sich seine Brust unter einem ersten Schluchzer hob, und sie hielt ihn fester. Ihr liefen selbst die Tränen übers Gesicht, als sie ihren großen, harten Navy SEAL festhielt, während er weinte. Er weinte, weil der Mann, von dem er dachte, dass er sein Freund gewesen war, jemand, den er respektiert hatte, sich gegen sein eigenes Land gewandt und versucht hatte, jemanden zu ermorden. Er hatte sein Leben von Gier bestimmen lassen und sich in einen Mann verwandelt, den Dag nicht mehr kannte.

Brenae wusste, dass ihr Mann am nächsten Morgen wieder ganz der Alte sein würde. Er wäre der Mann, zu dem alle aufschauten und den sie respektierten. Der Mann, der der Witwe seines Freundes von Angesicht zu Angesicht gegenübertreten und sich von ihr beschuldigen lassen würde, wenn es nötig war. Aber hier in ihrer kleinen Welt war Dag nur ein Mann, der gerade die liebevolle Umarmung seiner Frau brauchte.

KAPITEL DREI

Konteradmiral Dag Creasy wachte mitten in der Nacht auf und drehte sich zu seiner Frau um. Die letzte Woche war scheiße gewesen, aber Brenae ging damit so gut um wie immer. Angefangen beim Trösten der weinenden Witwe seines Freundes über die Absprache mit den Ehefrauen der anderen SEALs, um dafür zu sorgen, dass die Familie etwas zu essen im Kühlschrank hatte, bis hin zur Organisation von Therapiestunden für ihre Kinder.

Dag wusste, dass es nicht einfach war, mit ihm verheiratet zu sein, besonders während er die Karriereleiter hochgestiegen war. Als er Brenae kennengelernt hatte, war sie eine unerfahrene Kellnerin gewesen, die versucht hatte, das Community College zu überstehen. Keiner von ihnen hätte je gedacht, dass sie dreißig Jahre später mit den rang-höchsten Offizieren der US Navy verkehren würden. Sie hatte sogar die First Lady der Vereinigten Staaten kennengelernt, als der Präsident für eine politische Veranstaltung in der Stadt war.

Aber das, was er an seiner Frau am meisten liebte, war, dass sie ihre Bodenständigkeit nie verloren hatte. Sie war der einzige Mensch, bei dem er wirklich er selbst sein konnte. Er konnte seine Füße auf den Couchtisch legen, ein Bier trinken und nach Herzenslust rülpsen, während er am Sonntag-abend Football sah. Sie würde nicht einmal blinzeln.

Sie war sein Fels in der Brandung.

Der einzige Mensch, von dem er wusste, dass er immer für ihn da sein würde, egal was passierte.

Als er während einer Mission als SEAL am Bein verwundet wurde, war Brenae es gewesen, die ihm in den Hintern getreten hatte, sich aufzurappeln und zur Physiotherapie zu gehen. Ohne ihre Unter-stützung würde er vielleicht heute noch im Rollstuhl sitzen. Als er seinen Tiefpunkt erreicht hatte, unter einer Posttraumatischen Belastungsstörung litt und wegen seiner Verletzung deprimiert war, hatte er versucht, sie dazu zu bringen, ihn zu hassen. Aber sie hatte ihn durchschaut, war spät in der Nacht zu ihm ins Bett geklettert und hatte ihn einfach festgehalten. Sie hatte ihm immer wieder gesagt, wie sehr sie ihn liebte und dass es keine Rolle spielte, ob er nie wieder gehen könnte. Sie würde ihn niemals verlassen. Er würde sie nicht loswerden.

Vor einer Woche, als er mit ansehen musste, wie der Mann, der sein Freund gewesen war, sich selbst in den Kopf geschossen hatte, war sie wieder einmal seine Rettung gewesen. Sie hatte sich geweigert, den Strand zu verlassen, und jedes Mal, wenn er hinüberschaute und sah, wie sie geduldig auf der Felswand saß und auf ihn wartete, als würde sie notfalls die ganze Nacht dort ausharren, hatte ihn das geerdet. Sie hatte ihm geholfen, einen der schlimmsten Abende seit langer Zeit zu überstehen.

Dann hatte sie ihn in der beschissenen Dusche ihrer Wohnung in die Arme genommen und ihn festgehalten, als er weinte. Sie würde ihn niemals verurteilen. Sie nahm ihn so, wie er war, und er liebte sie dafür mehr als sein eigenes Leben.

Es war noch früh und das Licht des Vollmonds schien noch immer hell durch die Vorhänge in ihrem Schlafzimmer. Dag runzelte die Stirn und beschloss, mehr Druck auf den Bauunternehmer auszuüben, damit ihr verdammtes Haus schneller fertiggestellt wurde. Sie hatten lange genug in dieser winzigen Wohnung gelebt. Er wollte seiner Frau die

Welt zu Füßen legen, und diese Wohnung war einfach nicht angemessen.

Langsam zog er die Decke herunter, bis er jeden Zentimeter seiner Frau sehen konnte. Er wollte das Licht anmachen, damit er sie wirklich erkennen konnte, aber ehrlich gesagt brauchte er das Licht nicht, weil er jeden Zentimeter des Körpers seiner Brenae kannte. Mit einundfünfzig Jahren war sie für ihn genauso schön wie mit neunzehn. Ihr hellbraunes Haar hatte die gleiche Farbe wie an dem Tag, an dem sie geheiratet hatten ... dank der Friseurin, zu der sie alle zwei Monate ging. Sie hatte ein paar Dehnungsstreifen auf dem Bauch von den Schwangerschaften mit ihren beiden Kindern und er wusste, dass sie glaubte, dass ihre Oberschenkel und ihr Hintern zu dick und ihre Brüste zu schlaff waren.

Aber er liebte jeden verdammten Zentimeter an ihr. Sie war die Seine. Sie war es gewesen, die ihn als SEAL durch die dunkelsten Missionen begleitet hatte. Sie war der Grund, warum er tat, was er tat ... um sie stolz auf ihn zu machen. Sie war sein Licht, sein Ein und Alles.

Die Luft im Zimmer war kühl, weil Brenae es hasste, im Warmen zu schlafen. Er beobachtete, wie sich ihre Brustwarzen zu harten kleinen Knospen zusammenzogen, als sie der kühlen Luft ausgesetzt wurden. Er konnte es kaum erwarten, bis sie in ihrem neuen Haus mit dem riesigen Deckenventilator über ihrem derzeit eingelagerten Himmelbett lagen. Er hatte hart dafür gearbeitet, Brenae alle materiellen Dinge zu geben, die sie verdiente. Aber Dag wusste, dass seine Frau die Schuhe, den Schmuck und die schönen Möbel zwar genoss, aber letztendlich war es ihr egal.

Es störte sie nicht, hier in dieser kleinen Wohnung zu leben, solange sie zusammen waren.

Dag beugte sich vor, nahm eine ihrer Brüste in seine Hand, drückte sie und legte dann seine Lippen um eine der steifen kleinen Brustwarzen. Er lächelte, als er spürte, wie sie ihre Hand an seinen Hinterkopf legte und ihn an sich drückte.

»Wie spät ist es?«, flüsterte sie.

Dag hob den Kopf gerade genug, um zu antworten, und sagte: »Früh.«

»Hast du gestern Abend nicht genug bekommen?«, fragte sie mit einem kleinen Stöhnen.

»Ich werde nie genug von dir bekommen«, antwortete Dag ehrlich. Seine Ausdauer hatte im Laufe der Jahre nachgelassen, aber das bedeutete nur, dass er mehr Zeit damit verbringen konnte, seine Frau zu verwöhnen. Die Tage, an denen er sie zweimal hintereinander ficken konnte, waren vorbei, aber das bedeutete nicht, dass Brenae nicht mehr als einmal kommen konnte.

Jetzt, wo Dag wusste, dass sie wach war, setzte er sich auf und beugte sich über seine Frau. Sein Schwanz war auf Halbmast und strich über ihr gestutztes Schamhaar. Er war nicht besorgt über den Zustand seines Schwanzes. Wenn es Zeit war, in sie einzudringen, wäre er bereit. Der Höhepunkt für ihn war es zu spüren, wie Brenae an seiner Zunge oder seinen Fingern kam und wie heiß und nass sie danach war, wenn er endlich in ihre einladenden Tiefen glitt.

Die Erinnerung an ihr erstes Mal, als er herausgefunden hatte, dass sie noch Jungfrau war, war etwas, das er nie vergessen würde. Damals hatte sie ihm ihren Körper anvertraut und seitdem hatte sie ihm immer wieder gezeigt, dass sie ihm alles geben würde, was er von ihr brauchte oder wollte. Es war demütigend und gleichzeitig berauschend und bis heute sogar ein wenig beängstigend.

»Ich glaube nicht, dass ich mich schon für letzte Woche bedankt habe«, sagte er zu ihr und sah ihr in die Augen. Er wusste, dass sie wunderschön blau waren, aber im trüben Licht des Raumes konnte er nur ihre Umrisse erkennen.

»Du musst mir nicht danken«, versicherte sie ihm.

»Das tue ich aber«, sagte Dag leise. »Bei dir kann ich immer so sein, wie ich bin. Egal, ob das der Konteradmiral ist, der nur Spaß haben will, oder ein gebrochener Mann.«

»Du warst nicht gebrochen«, erwiderte Brenae sofort. »Du bist der stärkste Mann, den ich je getroffen habe. Aber man kann nicht immer stark sein. Wenn du am Ende deiner Kräfte bist, dann komme ich ins Spiel. Ich schließe meine Hände um deine und helfe dir durchzuhalten, bis du deine alte Stärke wiedererlangt hast.«

Dag schluckte schwer. Er würde nie herausfinden, wie er so viel Glück haben konnte. Brenae hatte ihren Sohn und ihre Tochter praktisch allein großgezogen. Er war auf so vielen Missionen gewesen, dass er sie nicht mehr zählen konnte. Aber Brenae hatte sich niemals beschwert. Sie hatte einfach getan, was getan werden musste. So wie sie es getan hatte, als er verletzt worden war. Und als sie Ziel böswilligen Klatsches und Tratsches anderer eifersüchtiger Offiziersfrauen wurde, hatte sie erhobenen Hauptes durchgehalten und sich geweigert, es an sie heranzulassen. Sie war wunderschön, anmutig und so verdammt stark, dass es ihn demütig machte. Er fühlte sich nie verlegen oder schuldig, wenn er geweint hatte. Nicht, wenn er es in ihren Armen hatte tun können. Sie hielt ihn fest und er wusste, dass alles gut werden würde.

Dag wusste, dass er nicht sprechen konnte, ohne zu riskieren, sich in Verlegenheit zu bringen. Er rutschte an ihrem Körper entlang und ließ sich zwischen ihren Beinen nieder. Dag lächelte, als sie sich mit Kissen hinter dem Rücken aufrichtete. Sie mochte es, ihm zuzusehen, wenn er sie verwöhnte. Sie hatte ihm einmal gesagt, dass es sie weniger verlegen machte, wenn sie sah, wie sehr er es genoss.

Er begann damit, sanft die Innenseiten von Brenaes Oberschenkeln zu küssen. Dann leckte er sie, wo seine Lippen sie berührt hatten. Sie wand sich und er grinste, weil er es liebte, dass er sie so leicht erregen konnte. Er knabberte eine Weile an ihrem Fleisch, bevor er sich langsam aufwärts arbeitete. Sie spreizte die Beine und er konnte nicht anders, als seine Aufmerksamkeit dem zu widmen, was dazwischen war.

Mit seinen Fingern spreizte er ihre Schamlippen und senkte den Kopf. Er begann langsam, leckte und streichelte sie sanft. Aber es dauerte nicht lange und sie stöhnte.

»Dag, hör auf, mich zu ärgern.«

»Ich ärgere dich nicht«, sagte er und sah zu ihr auf, während er sie mit seinen Fingern leicht streichelte. »Das ist das Vorspiel.«

»Du machst mich verrückt, und das weißt du. Bitte, leck meine Klitoris.«

Lächelnd senkte Dag den Kopf. Er liebte es, wie ungeduldig Brenae war. Früher war sie so schüchtern gewesen. Sie bat ihn nie um das, was sie wollte. Er hatte ihr alles über Sex beigebracht und er konnte nicht anders, als stolz auf die sinnliche Frau zu sein, die sie heute war. Sie hatte keine Angst davor, ihm zu sagen, wenn sie keine Lust hatte, aber sie ergriff auch gern selbst mal die Initiative, wenn sie Lust verspürte. Und er liebte es, dass sie beide dreißig Jahre nach ihrer Hochzeit immer noch Spaß am Sex hatten. Viele Paare, unabhängig von ihrem Alter, hatten nicht so viel Glück.

Er spürte, wie sie ihre Hände um seinen Kopf legte. Sein Haar war zu kurz, als dass sie sich darin festkrallen könnte, aber sie tat ihr Bestes, um ihn dorthin zu lenken, wo sie ihn haben wollte. Lächelnd ließ Dag sich von ihr zu ihrer Klitoris führen. Dort war er sowieso am liebsten. Er liebte es zu fühlen, wie hart die kleine Knospe wurde, sobald sie unter der schützenden Haut hervortrat, wenn sie besonders angemacht war.

Brenae wand sich unter ihm, als er einen Finger in ihren Körper gleiten ließ, während er ihre Klitoris leckte.

»Gott, Dag, das fühlt sich so gut an«, sagte sie heiser.

Sein Mund war beschäftigt, also konnte er nicht antworten, aber es fühlte sich auch für ihn erstaunlich an.

Plötzlich wollte Dag mehr in seiner Frau sein als alles andere. Er hob den Kopf und führte seine andere Hand zu ihrer Klitoris. Er benutzte ihre eigenen Säfte, um seinen Daumen zu befeuchten. Kühle Luft wehte über ihre Muschi, während er einen Finger in sie einführte und begann, ihre Klitoris mit seinem Daumen zu massieren.

»Mein Gott, Dag!«, stöhnte Brenae und hob ihre Hüften vom Bett, als er sie mit den Fingern penetrierte.

»So schön«, murmelte er, als er beobachtete, wie sie sich unter seinen Händen bewegte.

Als Ehepaar hatten sie vielleicht ihre Probleme gehabt, aber er hatte niemals den Drang gehabt, mit jemand anderem zu schlafen. Nur Brenae konnte ihn anmachen. Nur Brenae konnte ihn befriedigen.

Sie neigte den Kopf nach hinten und ließ ihn los, um nach der Decke zu greifen. Sie ballte ihre Hände zu Fäusten und stöhnte lange und leise, als sich jeder Muskel in ihrem Körper anspannte.

Dag stöhnte mit ihr. Er wusste aus erster Hand, wie sich diese angespannten Muskeln um seinen Schwanz anfühlten, wenn er tief in ihr steckte.

Er bewegte sich schnell, ging auf die Knie, hob Brenae hoch und drehte sie auf den Bauch. Er hob ihre Hüften hoch in die Luft und schob seinen harten Schwanz in ihre immer noch zuckende Muschi.

Brenae keuchte, stützte sich auf ihre Hände und drückte sich gegen ihn, als er sie an sich zog. Er hielt sie fest und zwang sie, das zu nehmen, was er ihr geben wollte, und drückte sich wieder in sie hinein. Als er nach unten schaute, konnte er sehen, wie ihre Säfte seinen Schwanz bedeckten und ihn im Dämmerlicht glänzen ließen.

Er legte eine Hand auf ihren Rücken und drückte sie nach unten. Sofort fügte sie sich und drehte den Kopf, sodass ihre Wange auf dem Bett lag. Sie schob ihre Arme zu den Seiten und dann unter sich, genau wie er es erwartet hatte, und er fühlte, wie ihre Finger seinen Schwanz berührten, als er ihn herauszog. Sie streichelte seine Hoden, während sie mit der anderen Hand langsam ihre Klitoris streichelte.

Es war eine ihrer Lieblingspositionen. Sie konnte sich selbst zum Höhepunkt bringen und ihn streicheln und er konnte gleichzeitig ihre Brüste erreichen. Er beugte sich über sie und stützte sich mit einer Hand ab, während er mit der anderen in ihre Brustwarze kniff. Sie stöhnten beide und ihre Hand schloss sich fester um seine Hoden. Wenn es nach ihm ginge, würde er seine Frau auch noch so ficken, wenn sie achtzig waren. Er würde nie genug von ihr bekommen, niemals.

Dag wusste, dass er nicht mehr lange durchhalten würde, da er bereits das leichte Kribbeln in seinen Hoden spüren konnte. Er fragte: »Bist du bereit?«

»Fick mich, Dag«, antwortete Brenae.

Er war etwas traurig, dass er sie nicht mehr so lange ficken konnte wie früher, als er jünger war, aber sie hatte ihm geschworen, dass es ein Kompliment für sie war, wenn er es nicht länger als ein paar Minuten aushalten konnte, nachdem er endlich in sie eingedrungen war.

Er ging wieder auf die Knie, hielt die Hüften seiner Frau und fing an, sie fester zu ficken. Sie stöhnte bei jedem Stoß und er konnte fühlen, wie sie mit den Fingern schnell über ihre Klitoris strich.

Innerhalb von fünfzehn Sekunden wusste er,

dass er kommen würde. Er tat, wovon er wusste, dass es sie zum Höhepunkt bringen würde. Mit seinem Mittelfinger strich er durch die Säfte, die aus ihrer Muschi liefen und drückte ihn sanft gegen ihren Anus. Er drang nicht ein, sondern streichelte nur die empfindlichen Nerven ihres Hinterns.

Sie stöhnte vor Ekstase und wieder spannte sich jeder Muskel in ihrem Körper an. Es fühlte sich an, als würde sie gleich seinen Schwanz herauspressen, und es war herrlich. Stöhnend rammte Dag noch einmal in sie hinein und hielt sie fest an sich, als er explodierte. Sein Schwanz pulsierte und seine Essenz ergoss sich in sie. Obwohl er wusste, dass er sie nicht mehr schwängern konnte, weil er vor Jahren eine Vasektomie hatte durchführen lassen, konnte Dag nicht anders, als sich vorzustellen, wie seine kleinen Schwimmer verzweifelt nach einem Ei zur Befruchtung suchten.

Ihre Muskeln zuckten um seinen Schwanz, verlängerten sein Vergnügen und brachten Dag dazu, seinem Glücksstern noch einmal für seine schöne und liebevolle Frau zu danken.

Einige Momente lang hielt er sich so tief in ihr, wie er konnte, und liebte es, wie heiß sich die Mischung ihrer Säfte um seinen empfindlichen Schwanz anfühlte. Dag wusste, dass sie sich mit ihrem Hintern in der Luft und ihrem Gewicht auf den Schultern unwohl fühlen musste. Also zog er sich zurück. Beide stöhnten bei dem Gefühl des Verlustes und er fiel sofort auf die Seite und zog Brenae in seine Arme.

Viele Männer kuschelten nicht gern, aber Dag gehörte nicht dazu. Er liebte es verdammt noch mal, Brenae in den Armen zu halten. Fast so sehr, wie er es liebte, mit ihr zu schlafen. Sie war seine andere Hälfte und nichts beruhigte ihn mehr, als sie in seinen Armen zu halten. Er liebte es, wie sie sich an ihn kuschelte, die Art, wie sie zufrieden seufzte. Er liebte es, wenn sie ein Bein an seine Wade schmiegte. Und er liebte es besonders, wenn er seinen Kopf auf sie legen und ihre Brüste als Kissen benutzen konnte. Sie hielt ihn fest und er würde sich vom Rhythmus ihres Herzens in den Schlaf wiegen lassen.

Nach einigen Minuten des Kuschelns fragte sie schläfrig: »Was steht bei dir heute an?«

»Training und dann ein Treffen mit dem Kommandanten des Stützpunkts über die Geschehnisse von letzter Woche und Neuigkeiten über den Ersatz. Dann treffe ich mich mit den SEAL-Teams, um ihre Fragen zu beantworten und ihnen zu versichern, dass sie in der Zwischenzeit absolut sicher sind, bevor sie ins Ausland müssen. Dann muss ich zu NCIS und Fragen über den Verräter aus Bahrain beantworten und herausfinden, ob ich bei seiner Anhörung aussagen muss. Dann gibt es noch einen kilometerhohen Stapel Papierkram, den ich erledigen muss, bevor ich meine Verwaltungsassistentin davon überzeugen muss, deswegen nicht zu kündigen.«

»Also ein normaler Tag«, scherzte Brenae.

Dag lachte. »So ziemlich.«

»Hast du noch mal über den Ruhestand nachgedacht?«

Dag versteifte sich, stützte sich auf einen Ellbogen und versuchte, den Ausdruck auf ihrem Gesicht zu deuten. Aber das Licht war zu schwach dafür, um herauszufinden, was sie dachte. »Du weißt, du musst es nur sagen und ich höre auf«, antwortete er leise.

»Das wollte ich nicht andeuten«, erwiderte Brenae. »Ich hasse es nur, dich so gestresst zu sehen. Ich meine, ich weiß, dass du so ziemlich immer gestresst bist, aber die letzte Woche war schlimmer. Ich war mir nicht sicher, ob das, was passiert ist, für dich vielleicht den Ausschlag geben könnte, früher aufzuhören.«

Dag dachte lange darüber nach. Dann sagte er

schließlich: »Ehrlich gesagt, alles an dieser Situation war scheiße, aber ich habe das Gefühl, dass ich jetzt noch mehr gebraucht werde. Ich bin nicht so eingebildet zu glauben, dass ich unersetzlich bin, aber im Moment habe ich das Gefühl, dass es für alle das Beste wäre, wenn die Dinge so normal wie möglich weiterlaufen, für die SEALs, ihre Familien und meine Vorgesetzten.«

»Ich stimme zu«, sagte Brenae leise. »Ich bin so stolz auf dich, Dag.«

»Solange du das sagst, geht es mir gut. In der Sekunde, in der sich das ändert, bin ich raus.«

»Ich werde immer stolz auf dich sein«, gab sie zurück. »Immer.«

»Ich liebe dich.«

»Ich liebe dich auch.«

»Ich habe noch eine Stunde Zeit, bis ich aufstehen und mich für die Arbeit fertig machen muss«, sagte Dag zu ihr. »Schlaf noch ein bisschen, Baby.«

»Du auch?«, fragte sie schläfrig.

»Sicher«, antwortete Dag, aber er wusste, dass er nicht mehr schlafen könnte. Sie zu halten, während sie schlief, gehörte zu den schönsten Dingen in seinem Leben. Er hatte es ihr nie gesagt, aber er liebte es, wie leicht sie in seinen Armen einschlief und darauf vertraute, dass er sie beschützte, egal was passierte.

In der Sekunde, in der er ihren tiefen, gleichmäßigen Atem spürte, beugte er sich vor und küsste sie auf die Stirn. »Ich schwöre, die nächsten dreißig Jahre werden leichter sein als die ersten«, sagte er.

KAPITEL VIER

Eine Woche später stand Brenae im Erdgeschoss ihres Apartmentgebäudes und holte ihre Post aus dem Briefkasten, als die Tür geöffnet wurde. Sie drehte sich um, um zu sehen, wer gekommen war, und starrte die Frau überrascht an. »Caite?«

Die Frau sah einen Moment erschrocken aus, neigte dann den Kopf und sagte: »Ja, es tut mir leid, ich habe ein schreckliches Personengedächtnis. Haben wir uns schon einmal getroffen?«

Brenae lächelte und mochte die jüngere Frau sofort. Sie war alt genug, um ihre Mutter zu sein, wenn sie direkt nach der Hochzeit eine Tochter gehabt hätte. Aber noch etwas anderes an Caite sprach sie an. Sie hatte es sich zur Aufgabe gemacht, so viel wie möglich über die junge Frau zu erfahren, die vor ein paar Wochen am Strand zum Opfer geworden war. »Nicht wirklich. Ich bin Brenae Creasy. Mein Mann ist Konteradmiral Creasy.«

Caite wurde sofort rot. »Oh Gott, es tut mir so leid, dass ich dich nicht erkannt habe! Ich fühle mich wie eine Idiotin. Mein Freund redet die ganze Zeit über deinen Mann. Er bewundert ihn sehr. Ich weiß, dass er dabei war, als dieser Mist am Strand passiert ist. Seitdem habe ich ihn nicht mehr gesehen, aber ich wollte ihm noch einmal für alles danken, was er getan hat.«

Brenae winkte Caites Dank ab. »Er hat einfach das getan, was er am besten kann.«

Caite biss sich auf die Lippe und sagte dann: »Ich arbeite jetzt schon seit einiger Zeit mit Mitarbeitern des Militärs zusammen und habe gelernt, darauf zu achten, was ich sage ... besonders zu Ehepartnern. Ich weiß nie, ob sie das, was ich sage, falsch aufnehmen. Und jetzt, wo ich mit einem SEAL zusammen bin, bin ich noch paranoider, dass ich etwas Falsches sage, besonders zu jemandem, der mit einem so hochrangigen Offizier verheiratet ist. Aber ... ich möchte dich wirklich etwas fragen. Ich weiß nur nicht, ob ich es tun sollte.«

Brenaes Respekt für die junge Frau stieg durch

ihre Ehrlichkeit noch mehr. Sie erinnerte sie sehr an sich selbst vor fünfundzwanzig Jahren. Sie hatte sich so sehr bemüht, sich anzupassen und Freundinnen zu finden, nur um als Dank mehr als einmal dafür verarscht worden zu sein. Erst als sie aufgehört hatte, sich dafür zu interessieren, was andere dachten, hatte sie endlich zu sich selbst gefunden. »Bitte, sei einfach ehrlich. Ich kann Leute nicht ausstehen, die nur wegen meines Mannes oder anderem oberflächlichen Mists nett zu mir sind.«

»Geht es deinem Mann gut?«, fragte Caite.

Brenae blinzelte. Sie war sich sicher, dass Caite sie fragen würde, warum in aller Welt sie in einem Apartmentgebäude lebten oder wie es war, mit einem der ranghöchsten Offiziere des Stützpunktes verheiratet zu sein, oder etwas anderes über die SEALs. Niemals hätte sie erwartet, dass sie sich nach Dag erkundigte.

Niemand hatte sie jemals gefragt, wie ihr Mann mit den Ereignissen fertigwurde. Alle gingen einfach davon aus, dass es ihm gut ging, weil er ein SEAL gewesen war.

Sie brauchte eine Sekunde, um sich zu sammeln, bevor sie antwortete: »Er ist in Ordnung, vielen Dank.«

Caite streckte die Hand aus und legte sie auf

Brenaes Arm. »Im Ernst, geht es ihm wirklich gut? Rocco sagte, sie waren Freunde ...« Sie schluckte schwer, bevor sie fortfuhr: »Wie auch immer, ich wollte nur sichergehen, dass mit ihm alles okay ist. Rocco kannte den Typen nicht persönlich, also hat er sich nur um mich Sorgen gemacht. Ich kannte deinen Mann nicht einmal, und er kannte mich nur durch die Ermittlungen. Die ganze Sache hat ihn wahrscheinlich anders getroffen.«

Brenae legte ihre Hand auf Caites. Sie hatte das Gefühl, dass Caite in zwanzig Jahren für ihren eigenen hochrangigen Ehemann eine großartige Ehefrau sein würde und eine riesige Bereicherung für die Navy. »Es geht ihm gut. Wenn du mit einem knallharten Navy SEAL verheiratet bist, wirst du lernen, wie du deinem Mann helfen kannst, Dampf abzulassen. Du wirst herausfinden, wann er festgehalten werden und wann du dich zurückziehen musst, um ihn den ganzen Mist allein verarbeiten zu lassen. Ich behaupte nicht, dass es einfach für ihn war, aber Dag ist okay.«

»Gott sei Dank. Ich habe mir Sorgen um ihn gemacht«, sagte Caite. »Und dir geht es auch gut?«

Brenae kicherte. »Das sollte ich dich fragen.«

»Ich bin dankbarer, als ich mit Worten ausdrücken kann, dass Rocco darauf bestanden hat, mir eine Woche, bevor das alles passiert ist, beizubringen, wie ich im Wasser treiben kann.«

»Du kannst nicht schwimmen?«, fragte Brenae überrascht.

Caite kicherte. »Nein, aber ich kann mich jetzt ziemlich gut treiben lassen.«

»Lass mich raten, Rocco hat dich seitdem für mehrere Schwimmstunden mitgenommen.«

»Natürlich hat er das«, sagte Caite leichthin. »Aber es ist nicht wirklich eine Strafe, ihn in Badehose zu sehen.«

»Das kann ich mir vorstellen«, gab Brenae zurück.

Caite sah auf die Briefkästen, dann wieder auf Brenae und runzelte die Stirn. »Holst du hier Post für jemanden ab?«

»Nein, ich wohne hier – vorübergehend. Bis die verdammten Bauarbeiter ihre Hintern hochkriegen und unser Haus fertigstellen.«

Caite lachte. »Gott sei Dank. Für eine Sekunde habe ich mich gefragt, wie schlecht die Bezahlung bei der Navy sein muss, dass ein Konteradmiral hier wohnt.«

Brenae lachte. »Wir haben unser anderes Haus

früher verkaufen können als gedacht und auf dem Stützpunkt gab es keine freien Häuser. Also haben wir einfach in den sauren Apfel gebissen, den größten Teil unserer Sachen eingelagert und die Wohnung hier gemietet, bis unser Haus fertig ist.«

»Das macht Sinn. Ich bin noch nicht offiziell aus meiner Wohnung ausgezogen, aber nach allem, was passiert ist, hat Rocco darauf bestanden, dass ich hier bei ihm einziehe.«

Brenae nickte. »Ich weiß, wir haben uns gerade erst kennengelernt und so, und es ist nicht meine Aufgabe, dir Ratschläge zu geben, aber ... mit jemandem zusammenzuziehen ist ein großer Schritt. Und ich sage dir von Frau zu Frau ... sei vorsichtig und gib deine Unabhängigkeit nicht für einen Mann auf. Ich meine, ich mag Rocco und die anderen in seinem Team, aber wenn sie meinem Mann ähnlich sind, mögen sie es, das Sagen zu haben, und erwarten, das zu bekommen, was sie wollen.«

Caite nahm es ihr nicht übel. »Glaub mir, das weiß ich. Ich habe lange und intensiv darüber nachgedacht. Ich habe immer noch mein eigenes Bankkonto und ich werde bald einen neuen Job anfangen, aber ehrlich gesagt ... ich möchte Vollzeit für Rocco da sein. Bevor das alles passiert ist, habe ich es gehasst, allein in meiner Wohnung schlafen zu müssen. Ich verstehe aber, was du meinst, und ich weiß es sehr zu schätzen.«

Brenae lächelte. »Ich sehe nur, dass sich so viele junge Frauen in Beziehungen stürzen und sogar ihre finanzielle Unabhängigkeit aufgeben, weil sie unbedingt mit einem Mann zusammen sein wollen.«

»Ehrlich gesagt möchte Rocco sogar, dass ich arbeite. Ich glaube, er hat das Gefühl, dass es mich ablenken wird, wenn er auf Mission geschickt wird.«

»Das ist schlau und sehr wahr«, sagte Brenae zu Caite. »Nach dreißig Jahren Ehe mit einem Mann beim Militär, der die meiste Zeit ein SEAL war, kannst du mir glauben, wenn ich dir sage, dass du dein eigenes Leben und deine eigenen Freundinnen brauchst. Er wird viele wichtige Ereignisse in deinem Leben verpassen, wenn auch nicht aus eigenem Antrieb. Du wirst deine eigenen Freundinnen brauchen, um dir zu helfen, wenn er es nicht kann.«

»Wird es jemals einfacher werden?«, fragte Caite.

»Was?«

»Vermisst du deinen Mann, wenn er weg ist? Machst du dir Sorgen um ihn?«

»Ganz ehrlich?«

Caite nickte.

»Nein, es wird nicht einfacher.« Als sich das Gesicht der anderen Frau verdunkelte, fügte Brenae schnell hinzu: »Aber ich würde Dag in einer Million Jahren niemals bitten, etwas anderes zu tun. Selbst als er in einem Jahr länger als sechs Monate weg war, dachte ich nie daran, mich bei ihm darüber zu beschweren, wie lange er von mir und unseren Kindern getrennt war. Er tat das, was er liebte. Und es ist wichtige Arbeit. Und ich schätze ihn durch die langen Abwesenheiten umso mehr, wenn er zu Hause ist. Dasselbe gilt für ihn. Rocco zu unterstützen ist das Beste, was du für ihn tun kannst. Und sei dir gewiss, dass du neben seinem Dienst für unser Land genauso wichtig für ihn bist.«

»Vielen Dank, das war es, was ich hören musste. Er ist noch nicht einmal so oft weg gewesen, seit wir zusammen sind, aber ich fürchte mich davor.«

»Wenn du jemals jemanden zum Reden brauchst, gebe ich dir gern meine Nummer. Ich weiß, dass ich viele Fragen hatte, als ich anfing, mit Dag auszugehen.«

»Das weiß ich sehr zu schätzen. Ich denke, das würde mir gefallen. Ich habe mich mit einigen der anderen SEAL-Frauen ziemlich gut angefreundet. Aber obwohl sie sehr freundlich sind, fühle ich mich irgendwie außen vor, weil sie sich schon so lange kennen.«

»Du wirst deine eigenen Freundinnen finden«, beruhigte Brenae sie. »Rocco ist der Einzige in seinem Team, der eine Freundin hat, oder?«

»Ja, woher weißt du das?«, fragte Caite.

Brenae lächelte. »Ich bin die Frau des Konteradmirals. Es ist meine Aufgabe, alles über die Angehörigen der Männer zu wissen, die meinem Mann unterstellt sind.«

»Du erinnerst mich an meine Mom und ich vermisse sie«, platzte Caite heraus und verzog dann das Gesicht. »Entschuldige, das habe ich nicht böse gemeint. Ich meinte damit nicht, dass du alt aussiehst. Scheiße ...«, murmelte sie und legte eine Hand an ihre Stirn. »Ich werde jetzt die Klappe halten, bevor ich es noch schlimmer mache.«

»Schon gut«, sagte Brenae kichernd. »Du erinnerst mich an meine Tochter und ich vermisse sie auch sehr, also sind wir quitt.«

Die beiden Frauen lächelten sich an.

In diesem Moment hörten sie einen Tumult außerhalb des kleinen Postraumes. Beide Frauen drehten sich um, um nachzusehen, was los war.

Eine Frau beschimpfte lautstark einen Mann an

ihrer Seite. Sie gestikulierte wild mit den Händen, während sie sprach.

»Heiliger Mist«, hauchte Caite. »Sie klingt wirklich sauer.«

Brenae sah unruhig zu. Der Streit klang nicht nach einer normalen Meinungsverschiedenheit. Die Frau war hysterisch und schrie den Mann an, weil er sie angeblich mit der »Schlampe in Wohnung 247« betrogen hatte.

Der Mann verdrehte die Augen und half damit nicht wirklich.

Dann packte sie seinen Arm und zerrte daran.

Der Mann blieb ruckartig stehen, drehte sich um und starrte die Frau wütend an. Sie griff nach ihm, legte beide Hände auf seine Brust und schubste ihn. Er trat einen Schritt zurück, hob dann die Hände und schubste sie zurück.

Brenae nahm Caite sanft am Arm und zog sie von der Tür weg.

»Wir sollten etwas tun«, protestierte Caite.

Brenae schüttelte den Kopf. »Nein.«

»Aber was ist, wenn er sie verletzt?«

»Hast du dein Handy dabei?«, fragte Brenae und ignorierte Caites Frage.

Sie schüttelte den Kopf. »Ich habe es oben gelassen, weil ich nur die Post holen und gleich wieder nach oben gehen wollte.«

Brenaes Magen verkrampfte sich. Aus dem gleichen Grund hatte auch sie ihr Telefon nicht dabei.

Das Geschrei der Frau hörte abrupt auf und Brenae hatte Angst, durch das Fenster des Postraumes zu spähen, um herauszufinden warum. Irgendetwas an der Situation hatte sie von Anfang an beunruhigt.

Dann hörten sie, wie der Mann schockiert einen Schrei ausstieß, gefolgt von einem lauten Aufprall.

Caite trat ein paar Zentimeter vor und spähte durch das Fenster.

Dann wandte sie sich mit aschfahlem Gesicht wieder Brenae zu. »Sie ersticht ihn.«

»Was?«, fragte Brenae schockiert. Sie trat neben Caite und konnte kaum glauben, was sie da sah.

Die Frau kniete über dem Mann, der am Boden lag. Sie hob ihren Arm und rammte ihm ein Messer in die Brust. Dann tat sie es wieder. Und wieder.

Bei dem Anblick kam Brenae die Galle hoch. Die Frau geriet außer Kontrolle und stieß das Messer in völlig hemmungsloser Raserei immer wieder in die Brust, den Bauch und sogar in den Schritt des Mannes.

»Geh langsam vom Fenster weg«, flüsterte Brenae Caite zu.

In diesem Moment öffnete sich die Aufzugstür in der Nähe und eine Frau betrat den Eingangsbereich. Schockiert registrierte sie die blutige und gewalttätige Mordszene direkt vor ihren Augen und schrie aus vollem Hals.

Es genügte, um die Frau mit dem Messer aufzuschrecken. Sie blickte auf ... direkt in Brenaes große schockierte Augen.

Sie ignorierte die andere Bewohnerin, die sich umgedreht hatte und so schnell sie konnte den Flur hinunter in Richtung Ausgang gelaufen war. Die Frau mit dem Messer trat den Mann zu ihren Füßen, der sich nicht mehr bewegte, und ging mit einem bösartigen Gesichtsausdruck auf den Postraum zu.

Brenae blickte nach unten und stellte fest, dass sich die Tür zum Postraum nicht verriegeln ließ. Es war eine einfache Schwingtür. Sie zog an Caites Arm und zerrte sie rückwärts zu dem Sortiertisch und dem Mülleimer auf der gegenüberliegenden Seite des Raumes.

»Scheiße, scheiße, scheiße«, murmelte Caite, als sie von der Tür wegstolperte.

In Sekundenschnelle trat die wahnsinnige Frau

die Tür auf, die extrem laut gegen die Wand des Postraumes knallte.

»Du!«, sagte sie mit einem boshaften Ausdruck in den Augen, als sie die Spitze des blutigen Messers in ihrer Hand auf Caite richtete. »Du wirst dafür bezahlen, dass du mit meinem Freund geflirtet hast!«

KAPITEL FÜNF

Dag fuhr sich mit der Hand durchs Haar. Er war müde, aber er wusste, dass er sich für die nächsten Wochen so fühlen würde ... bis die Navy einen Ersatz besorgt und diese Person mit den Einsätzen vertraut gemacht hatte. Dag würde sich den Hintern aufreißen, wenn es darum ging, dafür zu sorgen, dass die SEALs, für die er verantwortlich war, sicher waren.

Er dachte an Brenae und war wieder einmal dankbar, dass sie sich nie beschwerte, wenn er wegen seiner Arbeit keine Zeit für sie hatte. Sie war niemals verbittert, wenn er ihren Hochzeitstag verpasste. Sie gab ihm niemals die Schuld, wenn die Dinge nicht so liefen, wie sie es geplant hatten ... wegen der US Navy. Sie machte einfach weiter. Es war eine von Millionen von Dingen, die er an ihr liebte.

In letzter Zeit war verdammt viel nicht so gelaufen wie geplant, insbesondere ihr Traumhaus war nicht rechtzeitig fertig geworden und sie mussten für ein paar Monate in eine Wohnung umziehen. Im Hinblick auf das Leben als Ganzes war es keine große Sache, aber er wusste, wie sehr Brenae sich darauf gefreut hatte, in das Haus einzuziehen, das sie gemeinsam entworfen hatten.

Er dachte gerade darüber nach, was er tun könnte, um sie zu überraschen, als die Tür zu Dags Büro aufflog. Die Tür krachte gegen die Wand und Dag war mit einem Messer in der Hand aufgestanden, bevor er überhaupt darüber nachgedacht hatte, was er tat.

In der Tür stand Blake Wise ... den seine Freunde und Teamkameraden als Rocco kannten. »Sir! Haben Sie in den letzten fünfzehn Minuten von Ihrer Frau gehört?«

Geschockt über die Unterbrechung und verwirrt über die Frage, sagte Dag: »Nein. Wieso?«

»Scheiße! In unserem Apartmentgebäude gibt es eine Geiselnahme. Ich konnte Caite nicht erreichen. Ihr Telefon klingelt nur, bis der Anruf auf die Mailbox umgeleitet wird.«

Dag zog sofort sein Handy heraus und tippte auf Brenaes Nummer. Angespannt stand er da, als es zu klingeln begann … und dann die Mailbox ertönte. Normalerweise beruhigte es ihn, ihre aufgezeichnete Sprachnachricht zu hören, aber heute wartete er ungeduldig auf den Piepton und sagte dann: »Ich bin es. Ruf sofort an, wenn du diese Nachricht hörst.«

»Bericht!«, rief er Rocco zu, als er auf ihn zuging und sich unterwegs seinen Schlüssel schnappte.

Rocco drehte sich um und verließ das Büro. Die beiden Männer schritten in raschem Tempo Seite an Seite den Flur entlang zum Treppenhaus.

»Einer meiner Nachbarn hat angerufen und mir gesagt, dass ein SWAT-Team und die Polizei von San Diego auf dem Weg zum Apartmentgebäude seien. Ihnen wurde gesagt, sie sollten in ihren Wohnungen Schutz suchen und niemanden hereinlassen, bis die Polizei da ist. Er hat aus seinem Fenster beobachtet, wie das Haus umstellt wurde. Daraufhin habe ich meinen Kontakt bei der Polizei angerufen und er sagte, dass eine Geiselnahme im Eingangsbereich des Gebäudes gemeldet wurde.«

Dag blieb fast das Herz stehen. Er hatte keinen Grund zu der Annahme, dass seine Brenae eine der Geiseln war, aber die Haare in seinem Nacken standen ihm zu Berge, was ein sicheres Zeichen dafür war, dass etwas nicht stimmte.

Ohne ein weiteres Wort stürzten die beiden Männer aus dem Gebäude auf dem Marinestützpunkt und liefen zu Dags Land Rover. In diesem Moment waren sie nicht mehr Vorgesetzter und Untergebener, sondern zwei Männer, die verzweifelt versuchten, ihre Frauen in Sicherheit zu bringen.

Auf dem Weg zum Apartmentgebäude versuchte Rocco noch einmal erfolglos, Caite zu erreichen. Dag konnte wegen der Polizeipräsenz nicht in die Nähe des Parkplatzes gelangen, also ließ er seinen Geländewagen einfach in einer Seitenstraße stehen.

Es kam nicht oft vor, dass Dag das Privileg seines Ranges benutzte, aber in diesem Moment war es ihm scheißegal, sollte ihm später jemand vorwerfen, die Tatsache ausgenutzt zu haben, einer der ranghöchsten Männer auf dem Marinestützpunkt zu sein, um seinen Willen durchzusetzen. Er würde alles dafür tun, um zu Brenae zu gelangen.

Er ging auf den Einsatzleiter der Polizei zu und sagte: »Ich bin Konteradmiral Dag Creasy und viele meiner Matrosen leben in diesem Gebäude. Ich brauche einen Lagebericht und ich brauche ihn sofort.«

Der Einsatzleiter sah überrascht aus, erklärte

aber sofort, was er wusste. »Wir haben vor ungefähr vierzig Minuten einen Anruf von einer hysterischen Frau erhalten, die behauptete, sie habe gerade einen Mord miterlebt. Und als wir hier ankamen, war eine Geiselnahme im Gange. Wir haben das Gebäude abgesperrt und alle Ausgänge abgeriegelt. Wir warten im Moment darauf, dass mehr Personal eintrifft, und werden dann versuchen, Kontakt mit dem Täter aufzunehmen.«

Dag blickte zum Eingang des Apartmentgebäudes und seine Beine gaben fast nach, als er die Umrisse einer Leiche neben der Eingangstür liegen sah. »Wer ist das Opfer?«, fragte er.

»Wir sind uns nicht sicher. Scheint aber ein Mann Mitte zwanzig zu sein.«

Beschämt über die Erleichterung, die er empfand – der Mann war jemandes Bruder, Sohn oder Vater –, nickte Dag. Er sah zu Rocco hinüber und stellte fest, dass der SEAL sich voll und ganz auf die Eingangstür konzentrierte.

»Wissen Sie schon, wer die Geiseln sind?«, fragte Dag.

»Nicht die Namen, aber es sind zwei Frauen. Eine ältere, eine jüngere. Die Täterin ist eine Frau Mitte zwanzig. Ersten Informationen zufolge steht sie höchstwahrscheinlich unter Drogen.«

»Sir ...«, sagte Rocco eindringlich neben ihm.

Dag hob die Hand und hielt den SEAL davon ab, irgendetwas zu sagen. Er brauchte so viele Informationen, wie er vom Einsatzleiter bekommen konnte, bevor er sich für seinen nächsten Schritt entschied. »Wo sind sie?«

»Anscheinend im Postraum direkt neben der Eingangshalle.«

Dag drehte sich der Kopf. Er zweifelte jetzt nicht mehr daran, dass es sich bei einer der Geiseln um seine Brenae handelte. Sie ging jeden Morgen ungefähr zu dieser Zeit nach unten, um die Post zu holen. Sie war ein Gewohnheitstier, egal wie oft er ihr schon gesagt hatte, dass sie ihren Zeitplan aus Sicherheitsgründen ändern sollte.

»Es ist so«, sagte er zu dem Einsatzleiter, »ich bin mir zu fünfundachtzig Prozent sicher, dass eine der Geiseln meine Frau ist. Ich weiß, das hier ist Ihr Tatort und Sie tragen die Verantwortung, aber bei allem Respekt, es ist meine Frau da drin.«

»Und meine«, sagte Rocco in einem tiefen, tödlichen Tonfall.

»Wir müssen bei dieser Operation mitmachen«, forderte Dag. »Ich habe fünfzehn Jahre Erfahrung als SEAL und Rocco hier ist selbst aktiv als SEAL im Dienst. Lassen Sie uns helfen. Es scheint schon zu viel Zeit vergangen zu sein. Nutzen Sie unsere Expertise, um diese Sache so schnell wie möglich zu beenden.«

Der Einsatzleiter beäugte Dag einen Moment lang kritisch. »Wie gut ist Ihr Verhandlungsgeschick?«

»Ich bin der Beste«, sagte Dag, ohne zu prahlen.

»Gehen Sie zu dem Sergeant dort drüben und ziehen Sie eine schusssichere Weste an, bevor Sie sich dem Gebäude nähern«, sagte der Einsatzleiter. Als Dag und Rocco sich umdrehten, um in die Richtung zu gehen, in die er gezeigt hatte, sagte der Polizist: »Das hier ist nicht der Irak. Die amerikanische Öffentlichkeit hört nicht gern von Hinrichtungen.«

Dag nickte. Er hatte verstanden. Die Polizei hatte bereits schwere Kämpfe mit der Meinung der Öffentlichkeit auszufechten. Und dabei konnte die Stadt Riverton – oder die US Navy – nicht gebrauchen, dass eine junge Frau getötet wurde, selbst wenn sie selbst eine Mörderin und das mögliche Opfer der am meisten geliebte Mensch auf dieser Welt war.

Innerhalb weniger Minuten hatten Dag und Rocco schwarze kugelsichere Westen mit den Buchstaben SWAT auf dem Rücken über ihre Marineuniformen gezogen.

Dag war sich des Messers in der Scheide auf seinem Rücken sehr bewusst und nahm an, dass Rocco ähnlich bewaffnet war. Sie hatten keine Schusswaffen, brauchten aber auch keine. Ihre Fähigkeiten als SEALs wären wesentlich effektiver. Außerdem könnte ein Schuss in dem kleinen Postraum möglicherweise Brenae oder Caite treffen.

»Wie gehen wir das an?«, fragte Rocco, als sie auf die Tür zum Eingangsbereich zugingen.

»Auf jede beschissene Art, die nötig ist«, sagte Dag grimmig.

Brenae starrte die Frau an, die vor ihr auf und ab ging. Es war offensichtlich, dass die Frau unter dem Einfluss von Drogen stand. Ihre Bewegungen waren unregelmäßig und seit ihrer Drohung in Caites Richtung hatte sie nicht aufgehört, vor sich hin zu murmeln.

Zum Glück hatte etwas in der Eingangshalle sie abgelenkt, bevor sie auf Caite losgegangen war, um sich an den angeblichen Flirts mit ihrem inzwischen verstorbenen Freund zu rächen. Danach schien es, als hätte sie alles vergessen. Sie hatte angefangen, leise zu murmeln und auf und ab zu gehen, anscheinend, ohne zu realisieren, dass ihr Freund in der Nähe der Tür zum Eingangsbereich tot auf dem Boden lag.

Brenae hatte Caite in die Ecke des kleinen Raumes gezwungen und sich dann vor die jüngere Frau gestellt. Sie hatte einen Finger an ihre Lippen gelegt, um Caite zu signalisieren, dass sie kein Wort sagen sollte. Nachdem diese genickt hatte, warteten sie beide angespannt, was als Nächstes passieren würde.

Brenae wünschte sich, sie hätte ihr Telefon dabei, um Dag wissen zu lassen, was vor sich ging, und ließ den Blick nicht von der verzweifelten Frau, die weiter auf und ab ging. Sie alle hatten die Sirenen gehört und wussten, dass das Gebäude höchstwahrscheinlich umstellt war. Brenae war jetzt dankbar, dass die Tür zu dem kleinen Raum nicht abschließbar war. Das würde der Polizei das Eindringen erleichtern.

Brenae kam der Gedanke, dass sie vielleicht versuchen sollte, ihre Geiselnehmerin kennenzulernen, nach ihrem Namen zu fragen und herauszufinden, worum es bei dem Streit mit ihrem toten Freund gegangen war. Aber je länger die Pattsituation andauerte, desto verrückter handelte die Frau. Sie hielt sich ab und zu den Kopf, fuhr sich mit dem blutigen Messer über den Unterarm und schaute an die Decke, als stände dort etwas geschrieben. Brenae dachte, es sei besser, abzuwarten und zu hoffen, dass die Frau vergaß, dass sie überhaupt da waren.

Eine Bewegung vor der Tür erregte ihre Aufmerksamkeit und Brenae holte tief Luft, als sie Dag dort stehen sah. Er trug eine schwarze Weste, die sie noch nie zuvor gesehen hatte, und hielt die Hände hoch, um die auf und ab gehende Frau wissen zu lassen, dass er nicht bewaffnet war.

»Verschwinde!«, schrie die Frau und richtete das Messer auf die Tür.

»Wir wollen nur reden«, sagte Dag.

»Nein. Ich will nicht reden.« Sie ließ ihn kein weiteres Wort sagen. Sie fuhr herum, griff nach Brenaes Arm und zog sie vor sich. Sekunden später war das blutige Messer an ihrer Kehle.

Brenae schaffte es, nicht zu schreien, während sie in die Augen ihres Mannes starrte. Die Messerklinge drückte sich in ihre Haut und sie tat ihr Bestes, nicht an übertragbare Krankheiten zu denken oder daran, dass sie sterben könnte, und das nur wenige Schritte von ihrem Mann entfernt.

»Lass sie los.« Dags Stimme war jetzt nicht mehr ruhig und leise. Im Handumdrehen hatte er sich von dem netten Kerl in einen tödlichen Navy SEAL verwandelt.

Brenae sah Rocco mit demselben konzentrierten, tödlichen Gesichtsausdruck hinter ihrem Mann stehen.

Erleichtert, sie zu sehen und zu wissen, dass sie alles tun würden, um sie lebend dort herauszuholen, entspannte sie sich ein wenig. Dag hatte sie noch nie im Stich gelassen. Das hier war, womit er sein ganzes Leben verbracht hatte. Sie hätte nie gedacht, dass sie einmal selbst zum Opfer werden würde, aber hier war sie nun.

»Leg das Messer weg«, sagte sie sanft.

»Ich kann nicht«, stöhnte die Frau.

»Doch, du kannst«, schmeichelte Brenae.

Die Messerklinge drückte etwas stärker in ihre Haut und Brenae spürte, wie Blut aus einer kleinen Wunde sickerte und nach unten auf den Kragen des T-Shirts lief, das sie trug.

Sie schluckte schwer und sah Dag noch einmal in die Augen. Er blinzelte nicht, sondern begegnete nur ihrem Blick.

Warum gab er ihr kein Signal? Er sollte ihr auf telepathische Weise sagen, was sie tun sollte.

Sie verdrehte innerlich die Augen. Es war nicht so, als könnte er telepathisch mit ihr reden. Sie musste sich zusammenreißen. Wollte Dag, dass sie sich nach rechts wirft oder nach links? Wann? Bevor er etwas tat oder danach? Darüber hatten sie nie gesprochen. Darüber, was zu tun sei, wenn sie als Geisel genommen wurde und er sie retten musste.

Brenae wusste, dass sie kurz davor war auszuflippen, aber sie hatte keine Ahnung, was sie tun sollte.

»Sie müssen gehen. Warum gehen Sie nicht?«, grummelte die Frau hinter ihr.

Dann wurde Brenae plötzlich klar, was sie zu tun hatte.

Das Messer würde sich wahrscheinlich in ihre Haut bohren, wenn sie sich bewegte, aber andererseits könnte die Frau sie auch auf der Stelle töten. Dann würde sie Caite angreifen. Brenae war kein SEAL, keine Soldatin oder dergleichen, aber auf keinen Fall würde sie zulassen, dass die junge Frau erneut in eine Situation wie vor einer Woche gebracht wurde. Sie hatte genug durchgemacht.

Brenae begegnete dem Blick ihres Mannes noch einmal, aber diesmal warf sie einen schnellen Blick nach rechts. Dann tat sie es wieder.

Als Dag bestätigend sein Kinn senkte, entspannte sie sich.

Er würde sich darum kümmern – um sie.

»Ich muss hier raus«, jammerte die Frau.

»Warum musste er mich so enttäuschen? Es ist sein Fehler gewesen. Und deiner. Du hast ihn dazu gebracht, mich zu betrügen.«

Die Frau war offensichtlich wahnhaft, wenn sie dachte, der junge Mann, der in einer Blutlache auf der anderen Seite der Tür lag, hätte jemals mit Brenae geflirtet. Sie war mindestens doppelt so alt wie er.

Wissentlich, dass es jetzt oder nie war, holte Brenae tief Luft, sah Dag ein letztes Mal an und warf sich dann so fest sie konnte nach rechts.

KAPITEL SECHS

Dag musste seine Wut im Zaum halten. Er war noch nie in einer solchen Situation gewesen. Er hatte noch nie hilflos mit ansehen müssen, wie seine Frau in unmittelbarer Gefahr war. Jetzt wusste er genau, wie Rocco sich gefühlt haben musste, als seine Frau letzte Woche in den Händen eines Verrückten gewesen war.

Er wollte Brenae sagen, dass sie sich keine Sorgen machen sollte, dass er sie hier rausholen würde ... aber er konnte nicht. Nicht vor der offensichtlich verrückten Frau, die Brenae ein Messer an die Kehle hielt.

Dann sah er, wie seine verdammt tapfere Frau nach rechts schaute. Dann tat sie es wieder.

Er wollte den Kopf schütteln, um ihr zu sagen,

dass sie es nicht tun sollte, aber ehrlich gesagt sah er selbst keinen anderen Ausweg aus dieser Situation. Er musste in den Raum kommen und wenn er zu lange brauchte, würde die unter Drogen stehende Frau Brenae die Kehle durchschneiden.

Sie musste tun, was Caite eine Woche zuvor getan hatte. Sie musste sich selbst aus der Gefahrenzone bringen und ihn tun lassen, was er am besten konnte.

Er spannte die Muskeln an und hörte Rocco hinter sich flüstern: »Ruhig, Sir ...«

Er bewegte sich, sobald er sah, dass Brenae in Vorbereitung auf die Aktion die Muskeln anspannte.

Die Tür flog unter seinem Gewicht auf, als seine Frau sich zur Seite warf.

Noch bevor sie auf dem Boden aufgeschlagen war, wurde das Messer, das an ihrer Kehle war, quer durch den Raum geschleudert und die Frau, die es gewagt hatte, seine Frau als Geisel zu nehmen, lag mit einem Knie im Rücken mit dem Gesicht auf dem Boden.

Die Frau kämpfte wie besessen. Es bedurfte der vereinten Kräfte von Dag und Rocco, sie zu bändigen. Und selbst dann weigerte sie sich aufzugeben. Erst nachdem fünf weitere Mitglieder des San Diego SWAT-Teams den kleinen Raum betreten und sie gefesselt hatten, sackte sie schließlich zusammen und gab auf. In einer Sekunde hatte sie noch gekämpft wie eine Wildkatze und in der nächsten lag sie praktisch im Koma.

Ohne einen zweiten Gedanken an die geistesgestörte und unter Drogen stehende Frau zu verschwenden, drehte Dag sich dorthin um, wo Brenae hingesprungen war. Sie hockte an der Wand und hatte ihre Arme um Caite gelegt, um sie zu trösten.

Seine Frau hatte sich gerade vor einem Messer an ihrer Kehle gerettet und tröstete nun Caite.

Dag kam sich vor, als wäre er hundert Jahre alt, und schlurfte zu ihr hinüber. Rocco kam gleichzeitig dort an und zog Caite auf die Füße und in seine Arme. Dag glaubte nicht einmal, dass er noch länger stehen könnte. Sein Blick klebte an dem Blut, das Brenaes Kragen befleckte. Die Wunde an ihrem Hals blutete immer noch und für eine Sekunde konnte er nicht einmal klar denken.

Das Rot auf ihrer Haut war auf eine Weise obszön, die er nicht einmal beschreiben konnte. Er hatte in seinem Leben viel Blut und Tod gesehen, aber niemals in diesem Zusammenhang, nie auf seiner Brenae.

»Großer Gott, Caite! Ich habe dich in meine

Wohnung geholt, weil ich dachte, du wärst hier sicherer«, hörte Dag Rocco sagen, als er sie aus dem Raum trug.

Als wüsste sie, dass Dag im Moment neben sich stand, breitete Brenae die Arme aus.

In einer Sekunde starrte er noch auf das Blut an ihrem Hals und in der nächsten vergrub er seine Nase in ihrem Haar. Sie roch wie immer nach Blumen. Sie benutzte kaum zwei Tage hintereinander dieselbe Lotion, aber sie roch immer frisch und sauber. Heute war keine Ausnahme.

»Mir geht es gut«, sagte sie leise in sein Ohr, als ihre Arme sich um ihn schlossen.

Dag stockte der Atem und er kniff die Augen zusammen. Fast hätte er sie verloren.

Das war zu knapp gewesen, viel zu knapp.

Er konnte nicht sprechen und verstärkte einfach nur seinen Griff um sie.

»Mir geht es gut«, wiederholte sie. Und dann sagte sie es noch einmal und noch einmal.

Nichts anderes war in diesem Moment wichtig. Nicht die Polizisten, die die Frau aus dem Raum trugen, nicht der Einsatzleiter der Polizei, der den Raum betrat und den restlichen Beamten befahl, das Messer sicherzustellen.

Brenae bewegte sich und nahm sein Gesicht

zwischen ihre Hände. Er öffnete die Augen, um in ihre wunderschönen blauen Augen zu sehen. »Du bist rechtzeitig hier eingetroffen«, sagte sie leise zu ihm.

Sein Blick fiel noch einmal auf ihren Hals ... und einfach so verschwand die seltsame Lethargie, die ihn befallen hatte, wie eine Rauchwolke. Er drehte den Kopf, um den Einsatzleiter anzusehen. »Meine Frau braucht ärztliche Hilfe.«

»Dag, nein, mir geht es gut.«

»Sofort«, befahl Dag dem Polizeibeamten und ignorierte seine Frau. Er wusste, dass er ein Arschloch war, aber er würde verdammt sein, wenn Brenae noch eine Sekunde länger warten müsste, bis jemand sich ihre Verletzung ansah.

Dag entschied, dass Rocco die richtige Idee gehabt hatte und die Sanitäter zu lange brauchten. Er stand auf, beugte sich vor und hob Brenae hoch. Er mochte ein halbes Jahrhundert alt sein, aber er hoffte, dass er nie zu alt werden würde, um seine Frau tragen zu können.

Sie legte ihre Arme um seinen Hals und entspannte sich an ihm.

Dankbar, dass sie nicht gegen ihn ankämpfte, ging Dag aus dem Postraum, durch die Eingangshalle, vorbei an der Leiche des jungen Mannes auf dem Boden und hinaus ins helle Sonnenlicht. Es war seltsam, es fühlte sich an, als wären Stunden vergangen, seit er von der Situation im Apartmentgebäude erfahren hatte, aber in Wirklichkeit war es weniger als eine Stunde gewesen.

Er ging zu einem der auf dem Parkplatz stehenden Krankenwagen und stieg einfach mit der Frau ein, die ihm mehr bedeutete als alles andere auf der Welt. Als er sie auf die Trage legte, sah Brenae zu ihm auf und lächelte. »Mein Held.«

Dreißig Minuten später, nachdem er dem Einsatzleiter gesagt hatte, dass er auf keinen Fall vor dem nächsten Tag aufs Revier kommen würde, um seine Aussage zu machen, weil er sich um seine Frau kümmern musste, und nachdem die Sanitäter Brenaes Hals gesäubert und einen kleinen Verband angelegt hatten, öffnete Dag die Tür zu ihrer Wohnung und folgte seiner Frau hinein.

Sein Plan war, sie in ihren Schlafanzug zu stecken, sie auf die Couch unter eine ihrer flauschigen Lieblingsdecken zu legen und ihr eine riesige Schüssel Hühnernudelsuppe zu machen. Aber es schien, als hätte Brenae etwas anderes vor.

In der Sekunde, in der sich die Tür hinter ihnen schloss, schob sie ihn zurück, bis er mit dem Rücken gegen die Tür stieß, und ging auf die Knie. Sie fummelte hektisch an seinem Gürtel herum.

Dag hielt ihre Hand fest. »Liebl...«, begann er, aber sie schüttelte heftig den Kopf.

»Nein, ich brauche das. Ich brauche dich.«

Sie öffnete den Gürtel und innerhalb von Sekunden war sein Reißverschluss offen und sein Schwanz war in ihrer Hand. Brenae leckte sich ihre Lippen und pumpte ein paarmal mit ihrer Hand seinen Schaft, bevor sie ihn mit ihrem Mund verschlang.

Es war lange her, dass Dag seine Frau so leidenschaftlich gesehen hatte. Aber je länger er sie dabei beobachtete, wie sie ihn befriedigte, desto mehr übertrug sich ihre Leidenschaft auf ihn.

Er hätte sie heute verlieren können.

Ihr hätte direkt vor seinen Augen die Kehle durchgeschnitten werden können.

Sie hätte verdammt noch mal sterben können.

Knurrend langte Dag nach unten, packte Brenae unter den Armen und zog sie von seinem Schwanz. Er hob sie an der Taille hoch und schlurfte in Richtung Schlafzimmer. Seine Hose war um seine Füße gewickelt, aber es war ihm scheißegal.

Brenae attackierte seinen Mund, als läge sie im Sterben und seine Lippen wären ihre einzige Rettung. Ihre Zähne prallten aufeinander, als ihre Köpfe vor und zurück wippten und sie versuchten, tiefer ineinander einzudringen.

Dag verspürte plötzlich das Verlangen, sie zu ficken, um sich und ihr zu beweisen, dass sie beide noch am Leben und wohlauf waren. Er ließ die Arme sinken, als er spürte, wie ihre Beine die Bettkante berührten. »Zieh deine Hose aus«, befahl er, noch während er nach der Schublade des Nachttisches griff. Er zog die kleine Flasche Gleitgel heraus, die sie dort aufbewahrten, und wartete ungeduldig darauf, dass Brenae sich auszog. Als sie nackt war, drehte er sie herum, bis sie über das Bett gebeugt war.

Sie wimmerte, aber er wusste, dass es vor Ungeduld war und nicht vor Schmerzen. Er hatte keine Zeit, sie feucht zu machen und für ihn vorzubereiten, wie er es normalerweise tat. Er würde es später nachholen. Im Moment musste er nur in ihr sein, und zwar so schnell wie möglich.

Er gab eine großzügige Menge Gleitgel auf seinen Schwanz und stöhnte vor Verlangen, als er seine Hand an sich selbst legte, um es zu verteilen.

»Beeil dich, Dag«, flehte Brenae aus ihrer gebeugten Position.

Er schaute nach unten und sah, wie sie mit ihren Fingern hektisch über ihre Klitoris rieb. Lächelnd bedeckte er seine Finger mit mehr Gleitmittel und schob ihre Hand aus dem Weg. Ohne zu zögern, schob er seine glitschigen Finger in ihren Körper und sie stöhnte und krümmte den Rücken, um ihm einen besseren Zugang zu der Stelle zu ermöglichen, wo er am meisten sein wollte.

Eine Minute später, als er zufrieden war, dass er sie genug vorbereitet hatte, um ihn ohne Schmerzen aufnehmen zu können, richtete Dag seinen pulsierenden Schwanz an ihrer Muschi aus und drang mit einem harten Stoß in sie ein.

Er hielt für einen Moment tief in ihr still, genoss die Verbindung und das Gefühl, wie sie um seinen Schwanz zuckte.

Er hätte sie fast verloren, hätte nie wieder ihren warmen, feuchten Körper spüren können, nie wieder ihr Lachen hören oder sie lächeln sehen. Bei dem Gedanken verlor er fast seine Erektion.

»Dag, hör auf, so viel nachzudenken, und fick mich endlich«, beschwerte Brenae sich ungeduldig.

Er lächelte. Seine Frau wusste, wie sie ihn aus seinen Gedanken reißen konnte. »Du darfst mich niemals verlassen«, sagte er, zog sich zurück und stieß dann hart wieder in sie hinein. »Niemals, hast du verstanden?« Er unterstrich jedes Wort mit einer Bewegung seiner Hüften und fickte sie, während er sie für etwas abmahnte, von dem er wusste, dass sie keine Kontrolle darüber gehabt hatte.

»Das werde ich nicht«, erwiderte sie. Sie legte ihre Hände aufs Bett und stellte sich auf Zehenspitzen, um näher an ihn heranzukommen, während er sie fickte.

»Ich liebe dich so sehr, Brenae. Du bist mein Leben, du bist mein Grund zu leben. In einer Welt ohne dich könnte ich nicht existieren.« Seine Worte waren sanft und zärtlich, aber sein Liebesspiel war alles andere als das. Er hielt ihre Hüften fest und rammte immer und immer wieder in sie hinein, um ihr zu zeigen, wie sehr er es liebte, sie zu ficken, Liebe mit ihr zu machen.

»Ich liebe dich auch«, keuchte sie. »Gott ja, Dag, ja, mehr, fester!«

Er liebte es, wenn sie so erregt war, dass sie nicht einmal ganze Sätze formulieren konnte. Dag entschied, dass sie genug geredet hatten, und konzentrierte sich darauf, seine Frau zu befriedigen. Er beugte sich über sie, während er mit den Hüften die rasende Bewegung fortsetzte, und schob eine

Hand unter ihren Körper. Seine Finger fanden ihr Ziel und rieben hart und schnell über ihre Klitoris, ohne Gnade.

Brenae zuckte unter seinem Griff und ihr Kopf flog nach hinten, als sie sich wölbte und sich gegen ihn drückte.

Dag liebte es, wie leidenschaftlich seine Frau war, und setzte seinen Angriff auf ihre Sinne fort.

Innerhalb einer Minute wusste er, dass sie kurz davor war zu kommen ... was gut war, denn seine Hoden hatten sich in Vorbereitung auf seine Explosion bereits zusammengezogen. Dag liebte das ständige Stöhnen, das ihrer Kehle entwich, und die Art, wie sie unter ihm schauderte, als er die verräterischen Kontraktionen ihrer inneren Muskeln um seinen Schwanz spürte.

»Das ist es, komm mit mir.«

Mit einem lauten Stöhnen tat sie es.

Dag hatte für einen Moment den Gedanken, dass er sich zurückziehen und auf ihren Hintern spritzen sollte, aber er wusste, dass es dafür zu spät war. Sein Sperma sprudelte aus ihm heraus, als wäre er ein junger Mann, der sein erstes Mal erlebte. Sein Schwanz pochte im Takt seines Herzschlags, als er seine Essenz in Brenae pumpte.

Er kam so lange und hart, dass er spürte, wie

sein Sperma aus ihrer Muschi tropfte. Aber wenn es um Sex ging, hatten sie keine Hemmungen mehr. Als er das Gefühl hatte, sich wieder bewegen zu können, ohne dass seine Knie nachgaben, zog Dag sich langsam aus ihr heraus. Beide stöhnten bei dem Gefühl des Verlustes.

Dann stützte Brenae sich ab und drehte sich um, um ihn anzusehen. Sie lächelte und leckte sich über die Lippen. Dags Schwanz zuckte, aber es würde eine Weile dauern, bis er wieder hart genug wäre, um sie noch einmal zu ficken.

»Leg dich hin«, befahl er und deutete mit dem Kopf auf das Bett.

Brenae bewegte sich sofort und riss sich dabei ihr Hemd vom Körper, gefolgt von ihrem BH. Dag zog sich aus und dankte Gott, dass er in der Eile, als er sie beide ins Schlafzimmer gebracht hatte, nicht über seine Hose gestolpert war.

Er kletterte zu Brenae aufs Bett und nahm sie in die Arme. Sie lagen einen Moment lang da und genossen es, nach dem intensiven Liebesspiel, das sie gerade erlebt hatten, zu kuscheln. Es war Monate her, seit sie so aufeinander losgegangen waren. Scheiße, er hatte sich noch nicht einmal ausgezogen. Dag festigte seinen Griff um sie. »Ich liebe dich.«

»Und ich liebe dich«, schnurrte sie.

»Ich wollte dich eigentlich verwöhnen«, sagte Dag.

»Ich muss nicht verwöhnt werden«, erwiderte sie. »Hast du das noch nicht herausgefunden?«

Er lachte leise, dann wurde er nüchtern. Er küsste sie auf die Schläfe. »Ich werde diese Bauarbeiter anrufen und ihnen Feuer unterm Hintern machen. Ich brauche dich in unserem Haus. Mit unserem Alarmsystem, in Sicherheit.«

»Ich bin immer in Sicherheit, wenn ich bei dir bin«, sagte sie.

Dag presste die Lippen fest zusammen, um die Fassung zu bewahren. Brenae wusste immer genau das Richtige zu sagen. »Wie geht es deinem Hals?«

»Es ist in Ordnung.«

»Keine Schmerzen?«

»Nein.«

»So sehr ich es auch mag, dass du die Kontrolle übernimmst und im Flur über mich herfällst, habe ich immer noch das Bedürfnis, dich zu verwöhnen«, informierte er sie.

»Ja?«

»Jawohl.«

Sie grinste ihn an. »Nun, dann verwöhne mich, Matrose.«

Und er tat es.

KAPITEL SIEBEN

Heute war es so weit.

Nachdem Brenae im Postraum ihres Apartmentgebäudes als Geisel gehalten worden war, hatte Dag es sattgehabt, geduldig mit dem Bauunternehmer zu sein. Er hatte den Mann angerufen, bedroht und eingeschüchtert, bis er getan hatte, was er schon lange versprochen hatte, und ihr Haus endlich fertiggestellt.

Dag hatte Brenae die Einzelheiten vorenthalten, um ihr keine Hoffnung zu machen, falls es sich doch weiter hinauszögern würde.

Lächelnd nahm er sein Handy heraus und tippte auf den Namen seiner Frau. Sie antwortete nach nur einem Klingeln.

»Hallo Schatz, was ist los?«

»Wo bist du?«

»In der Wohnung. Wieso? Was ist los?«

»Nichts ist los, aber ich habe eine Überraschung für dich. Ich werde in ungefähr fünfzehn Minuten da sein, um dich abzuholen.«

»Was in aller Welt? Dag, es ist mitten am Tag. Ich dachte, du hättest heute Nachmittag eine Besprechung?«

»Das hatte ich, aber ich habe sie verschoben. Das hier ist wichtiger.«

»Du machst mir Angst«, sagte Brenae.

»Mach dir keine Sorgen«, sagte Dag zu seiner Frau. »Zieh dich einfach an und sei in fünfzehn Minuten fertig, wenn ich komme.«

Nach ein paar weiteren Minuten Small Talk stimmte Brenae zu. Sie verabschiedeten sich und Dag lächelte den ganzen Weg zum Apartmentgebäude. Sie würden in den nächsten Tagen eine Menge Arbeit vor sich haben, aber er hatte getan, was er konnte, um alles vorzubereiten, und eine Firma beauftragt, ihre Kartons aus dem Lagerhaus in ihr neues Heim zu bringen. Er hatte sich diese Woche ein paarmal von der Arbeit weggeschlichen, um die Überraschung für seine Frau im Haus vorzubereiten, aber sie mussten immer noch die Sachen aus ihrer Wohnung ein- und natürlich auch wieder auspacken.

Dag joggte die zwei Etagen hinauf, schloss die Wohnungstür auf und war nicht überrascht, Brenae zu sehen, wie sie bereits auf ihn wartete. Er weigerte sich, ihre tausend Fragen zu beantworten, und genoss es, wie verblüfft sie war, als er ihr eine Augenbinde hinhielt, während sie in den Wagen stieg.

»Ernsthaft?«, fragte sie mit hochgezogener Augenbraue.

»Ernsthaft«, bestätigte er.

Brenae bewies, dass sie keine Spielverderberin war, band sich das Tuch um den Kopf und murmelte: »Das wird besser eine gute Überraschung.«

Dag beugte sich vor, nahm sanft ihr Kinn in seine Hand und drehte ihren Kopf herum. Er küsste sie, bis sie beide schwer atmeten. »Es wird sich lohnen«, flüsterte er, beugte sich dann vor und küsste sie auf die Stirn, bevor er sich in seinem Sitz zurücklehnte und den Wagen startete.

Den ganzen Weg bis zu ihrem neuen Haus hielt er ihre Hand. Auch wenn Brenae eine Ahnung gehabt hatte, wohin er sie brachte, sagte sie nichts. Es dauerte ungefähr dreißig Minuten, bis sie ankamen. Als er in ihre Einfahrt bog, raubte ihm der Blick auf das Meer wie immer den Atem.

Das Haus, das sie gebaut hatten, war nicht riesig ... das musste es nicht sein, da es nur für sie beide war. Es gab zwei Gästezimmer, wenn ihre Enkelkinder zu Besuch kamen, sowie ein riesiges Schlafzimmer und eine Gourmetküche. Aber es war die Veranda, zu der Dag seine Frau zuerst bringen wollte.

»Warte, ich komme gleich und hole dich«, sagte er zu ihr.

Brenae nickte und saß geduldig mit den Händen im Schoß da.

Er öffnete die Wagentür und nahm ihre Hand. Brenae zögerte nicht. Sie vertraute ihm hundertprozentig. Und dieses blinde Vertrauen löste in Dag jedes Mal das Gefühl von Demut aus. Er legte seinen Arm um ihre Taille und hielt sie an seiner Seite, während er sie um das Haus herum nach hinten führte. Der Garten war nicht groß, aber die Veranda machte das mehr als wett. Er half ihr die Treppe hinauf und liebte das kleine Lächeln auf Brenaes Gesicht.

Mit einem Blick auf den Whirlpool schwor Dag, die Privatsphäre des Hauses und des Gartens zu nutzen und seine Frau zu ficken, während sie im sprudelnden Wasser stand und die Aussicht vor ihnen genoss.

Er führte Brenae genau zu der Stelle, die er sich zuvor ausgesucht hatte, und drehte sie herum, sodass sie ihm den Rücken zuwandte. Er beugte sich hinunter und flüsterte: »Bereit?«

»Bereit«, antwortete sie sofort.

Dag löste vorsichtig den Knoten und ließ das Tuch auf die Holzdielen zu ihren Füßen fallen.

Ihr erschrockenes Keuchen war die Reaktion, auf die er gehofft hatte.

»Oh Dag, es ist wunderschön!«

Und das war es. Die Sonne, die sich im Pazifischen Ozean spiegelte, war absolut atemberaubend. Vom Wasser wehte eine Brise und der Sand war makellos. Am Privatstrand am Ende des mit Holzplanken befestigten Weges vor ihrem Grundstück befand sich keine Menschenseele. Es war ruhig und gehörte nur ihnen allein.

Brenae drehte sich um und warf Dag die Arme um den Hals. »Ich weiß, dass wir diese Aussicht schon öfter gesehen haben, als ich zählen kann, aber hier auf unserer Veranda zu stehen, ohne das Chaos der Bauarbeiten um uns herum ... ist schöner, als ich es mir je erträumt habe. Können wir hineingehen?«

»Ja Brenae, natürlich können wir hineingehen. Es ist unser Haus.«

Sie blinzelte. »Aber es ist noch nicht fertig. Ich dachte, wir hatten uns darauf geeinigt, erst wieder herzukommen, wenn es fertig ist.«

»Es ist fertig«, erwiderte Dag mit einem kleinen Grinsen.

»Ernsthaft?«

»Ernsthaft.«

Sie grinste. »Du musst wohl einige Leute mit deinem Rang eingeschüchtert haben, um das zu erreichen, was, Matrose?«

Er erwiderte ihr Lächeln. »Nachdem ich dich mit einem Messer an der Kehle gesehen hatte, konnte mich nichts mehr davon abhalten, dieses Haus so schnell wie möglich fertigzustellen.«

»Ich liebe dich«, sagte Brenae zu ihm.

»Und ich liebe dich. Komm schon, ich muss dir noch etwas zeigen.«

»Noch etwas?«, fragte sie mit einem Grinsen, legte eine Hand auf seinen Hintern und drückte zu. »Ist es hier drin?«

Dag lachte, nahm aber einfach ihre Hand in seine und ging zur Tür. Er führte sie durch die Küche, das Esszimmer, den Wohnbereich und lächelte, als sie überall über die Veränderungen staunte, seit sie das Haus zuletzt als Rohbau gesehen hatte. Er ignorierte die Umzugskartons mit ihren Sachen und ging den Flur hinunter zu ihrem Schlafzimmer.

Die Tür war geschlossen und er blieb dramatisch davor stehen, bevor er die Tür öffnete.

In dem Raum standen keine Kartons. Er hatte dafür gesorgt, dass ihr Himmelbett aufgestellt und frisch bezogen wurde. Die Vorhänge waren zurückgezogen, sodass das Nachmittagslicht den Raum ausleuchtete. An der Wand stand ihre Kommode mit ihren Sachen und daneben ein Bücherregal mit all den signierten Liebesromanen, die sie im Laufe der Jahre gesammelt hatte.

Das Zimmer war fertig, um darin zu schlafen. Im Haus gab es vielleicht noch eine Menge zu tun, aber hier, in ihrem Schlafzimmer, könnten sie sich entspannen.

»Oh mein Gott, Dag! Es ist perfekt«, sagte Brenae.

»Ich liebe dich, Brenae. Wie zur Hölle du mich

über all die Jahre ertragen hast, werde ich nie verstehen. Ich wünschte, ich könnte dir die Welt zu Füßen legen, aber du musst dich mit diesem kleinen Teil zufriedengeben.«

Brenae antwortete nicht mit Worten. Sie stellte sich einfach auf die Zehenspitzen und küsste ihn – lange und leidenschaftlich. Dag zog sie rückwärts, bis seine Knie die Matratze berührten. Er packte sie an der Taille und zog sie an sich, als er sich aufs Bett fallen ließ. Sie kicherte und beide rutschten hoch, bis sie quer auf dem Bett lagen. Brenaes Haar fiel um ihre Schultern und kitzelte sein Gesicht.

»Ich wollte, dass unser Schlafzimmer fertig ist, damit du einen Ort hast, an den du dich zurückziehen kannst, ohne auf Kartons zu starren.«

»Ich liebe es.«

Dag hob den Kopf und küsste sie fest. Dann legte er die Arme über den Kopf und sagte mit einem Grinsen: »Also, wo du mich schon hierhast, was willst du mit mir machen?«

Brenae lächelte und griff sofort nach den Knöpfen seiner Uniform. Als sie sie schnell öffnete, sagte sie: »Ich glaube, ich werde dich verführen, Soldat.«

»Das klingt gut«, antwortete er.

Die nächste Minute verbrachten beide damit, sich auszuziehen, ohne dabei den Kontakt miteinander zu verlieren. Schließlich, als sie beide nackt waren, packte Dag Brenae an den Hüften und zog sie hoch, sodass sie auf seinem Gesicht saß.

»Ich dachte, ich …«, keuchte sie, als er mit seiner Zunge über ihre Muschi zu ihrer Klitoris fuhr, »… dürfte dich verführen.«

Dag hielt lange genug inne, um zu sagen: »Du kannst mich danach verführen.«

»Ähm … okay«, brachte Brenae heraus, bevor sie noch einmal nach Luft schnappte, als Dag sich an die Arbeit machte.

Zehn Minuten später war sein Gesicht nass von ihren Säften. Sie hätte ihn fast erstickt, als sie gekommen war, aber er konnte nicht aufhören zu grinsen.

Als Brenae wieder zu Atem kam, rutschte sie mit Dags Hilfe an seinem Körper herunter und ließ sich über seinem Schwanz nieder, der so hart war wie Stahl.

Wortlos packte sie ihn und führte seinen vor Lust tropfenden Schwanz an ihre Muschi. Dag wollte seine Hüften heben und hart und schnell in sie eindringen, aber er hielt still. Er wollte nichts tun, was ihr wehtun könnte.

Als er spürte, wie sich ihre Schamhaare berührten, sah er zufrieden nach unten. »Scheiße, das ist so sexy«, murmelte er.

Dann bewegte sie sich und sein Schwanz pulsierte vor Aufregung.

»Und das noch mehr«, sagte er anerkennend.

Jetzt machte Brenae ernst. Sie spannte die Oberschenkel an, um auf ihm zu reiten, und ihre Brüste hüpften bei jeder Bewegung auf und ab. Dag konnte sich ein Lächeln nicht verkneifen. Sie war sein, ganz allein sein.

Er liebte es, ihr dabei zuzusehen, wie sie ihn fickte. Sie legte eine Hand an ihre Klitoris und begann, mit sich selbst zu spielen, während sie auf ihm ritt. Die andere Hand ruhte auf seiner Brust, um sich abzustützen. Als sie langsamer wurde, legte Dag seine Hände an ihre Hüften und half ihr, sich auf seinem Schwanz auf und ab zu bewegen.

Er fühlte, wie ihre Beine bei ihrem zweiten bevorstehenden Orgasmus zu zittern begannen, und war im Stillen dankbar. Er war schon kurz davor zu kommen, seit sie sich auf ihn gesetzt hatte.

In der Sekunde, in der sich ihre inneren Muskeln um seinen Schwanz klammerten, als sie kam, verlor auch er die Beherrschung. Er zog sie fest an sich und hielt sie, so fest er konnte. Er vergrub sich so tief wie möglich in ihr. Dag explodierte, ließ seine Frau aber nicht aus den Augen.

Ihre Brustwarzen waren hart und ihre Brust war gerötet. Ihre Hüften bewegten sich weiter, während sie versuchte, ihren Orgasmus so lange wie möglich andauern zu lassen. Sie grub die Fingernägel in seine Brust und er hatte in seinem ganzen Leben noch nie etwas Schöneres gesehen. Die Nachmittagssonne schien auf ihren vom Schweiß glänzenden Körper.

Nach ungefähr einer Minute kam Brenae endlich von ihrem Orgasmus-Rausch herunter und Dag fing sie auf, als sie auf seinem Oberkörper zusammenbrach. Ihr warmer Atem wehte über seinen Hals und er bekam Gänsehaut auf den Armen. Er fühlte, wie sein Schwanz allmählich weicher wurde, und nach einer Weile rutschte er aus ihr heraus. Ihre Säfte tropften an seinem Schaft herunter auf seine Hoden und durchnässten das Laken unter ihnen.

Er lachte leise.

»Was ist so lustig?«, murmelte sie.

»Wir sind ziemlich chaotisch«, sagte er.

»Was nicht verwunderlich ist«, sagte sie.

»Wir sollten uns säubern.«

Daraufhin hob Brenae den Kopf. »Ernsthaft? Jetzt?«

»Wir haben einen Whirlpool, der auf uns wartet«, sagte Dag und hob anzüglich die Augenbrauen.

Brenae kicherte. Dann wurde sie nüchtern und lehnte ihre Stirn gegen seine. »Danke.«

»Wofür?«

»Für alles, dieses Haus, unsere Kinder, unser Leben. Es lief nicht immer alles reibungslos, aber ich habe niemals an deiner Liebe zu mir gezweifelt.«

»Gut«, sagte Dag. »Denn wenn es hart auf hart kommt, bist du das Wichtigste in meinem Leben. Ich würde Himmel und Hölle in Bewegung setzen, um dir ein Lächeln zu entlocken. Und wenn du mich bitten würdest, dir hundert Häuser zu bauen, würde ich es tun, nur um dich glücklich zu machen.«

Brenae lächelte. »Ich denke, dieses hier ist perfekt. Ich brauche keine hundert Häuser.«

Dag hob die Hände und strich ihr die Haare aus dem Gesicht. Dann küsste er sie. Es war ein süßer Kuss mit geschlossenem Mund, bevor er sagte: »Du hast mich zu einem besseren Mann gemacht. Jeden Tag frage ich mich, was du von dem hältst, was ich beruflich mache, und das erdet mich.«

Brenae traten Tränen in die Augen, aber sie sagte nichts.

»Ich liebe dich, Schatz. Du wirst nie wissen, wie sehr.«

»Ich weiß, wie sehr, denn ich liebe dich genauso.«

Er lächelte sie an. »Also ... willst du den Whirlpool ausprobieren?«

Sie lachte. »Jawohl.«

Im Nu war Dag unter Brenae hervorgerutscht und hatte sie in seine Arme gehoben. Sie quietschte und warf ihre Arme um seinen Hals.

»Ich hätte dich über die Schwelle tragen sollen, aber da ich dachte, dass wir ziemlich viel Zeit nackt in unserem Whirlpool verbringen werden, könnte ich dich stattdessen zum ersten Mal dorthin tragen, in Ordnung?«

»Klingt perfekt.«

Später in der Nacht, als Brenae in seinen Armen schlief, dachte Dag an ihr gemeinsames Leben zurück. Er hatte es ernst gemeint, als er seiner Frau gesagt hatte, dass er nicht wusste, wie er sie jemals verdient hatte. Sie war das Beste, was ihm je passiert war, und er schwor sich, alles zu tun, um sie für den Rest ihres Lebens glücklich zu machen.

Mit einem Lächeln im Gesicht und der Gewissheit, dass Brenae in seinen Armen in Sicherheit war, schlief er ein.

*

Holen Sie sich jetzt das nächste Buch in der Reihe SEALs of Protection: Legacy, *Ein Beschützer für Sidney*!

Die Suche nach Monica

Die Suche nach Carly

Die Suche nach Ashlyn (7 Feb)

Die Suche nach Jodelle

Das Bergungsteam vom Eagle Point

Ein Retter für Lilly

Ein Retter für Elsie

Ein Retter für Bristol

Ein Retter für Caryn

Ein Retter für Finley

Ein Retter für Heather

Ein Retter für Khloe

Die Zuflucht in den Bergen

Zuflucht für Alaska

Zuflucht für Henley

Zuflucht für Reese (30 May)

Zuflucht für Cora

Zuflucht für Lara

Zuflucht für Maisy

Zuflucht für Ryleigh

Delta Team Zwei

Ein Held für Gillian

Ein Held für Kinley

Ein Held für Aspen

Ein Held für Jayme

Ein Held für Riley

Ein Held für Devyn

Ein Held für Ember

Ein Held für Sierra (1 Mar)

Die Delta Force Heroes:

Die Rettung von Rayne

Die Rettung von Emily

Die Rettung von Harley

Die Hochzeit von Emily

Die Rettung von Kassie

Die Rettung von Bryn

Die Rettung von Casey

Die Rettung von Wendy

Die Rettung von Sadie

Die Rettung von Mary

Die Rettung von Macie

Die Rettung von Annie

Mountain Mercenaries:

Die Befreiung von Allye

Die Befreiung von Chloe

Die Befreiung von Morgan
Die Befreiung von Harlow
Die Befreiung von Everly
Die Befreiung von Zara
Die Befreiung von Raven

Ace Security Reihe:

Anspruch auf Grace
Anspruch auf Alexis
Anspruch auf Bailey
Anspruch auf Felicity
Anspruch auf Sarah

SEALs of Protection:

Schutz für Caroline
Schutz für Alabama
Schutz für Fiona
Die Hochzeit von Caroline
Schutz für Summer
Schutz für Cheyenne
Schutz für Jessyka
Schutz für Julie
Schutz für Melody
Schutz für die Zukunft
Schutz für Kiera

Schutz für Alabamas Kinder
Schutz für Dakota

Eine Sammlung von Kurzgeschichten

Ein langer kurzer Augenblick

BIOGRAFIE

Susan Stoker ist die New York Times, USA Today und Wall Street Journal Bestsellerautorin der Buchreihen »Badge of Honor: Texas Heroes«, »SEAL of Protection«, »Die Delta Force Heroes« und einigen mehr. Stoker ist mit einem pensionierten Unteroffizier der US-Armee verheiratet und hat in ihrem Leben schon überall in den Vereinigten Staaten gelebt – von Missouri über Kalifornien bis hin zu Colorado. Zurzeit nennt sie die Region unter dem großen Himmel von Tennessee ihr Zuhause. Sie glaubt ganz und gar an Happy Ends und hat großen Spaß daran, Geschichten zu schreiben, in denen Romantik zu Liebe wird.

Besuchen Sie Susan im Netz!
www.stokeraces.com
facebook.com/authorsusanstoker
twitter.com/Susan_Stoker
bookbub.com/authors/susan-stoker
instagram.com/authorsusanstoker
Email: Susan@StokerAces.com

www.ingramcontent.com/pod-product-compliance
Lightning Source LLC
Chambersburg PA
CBHW060556100726
47907CB00005B/1389